Diese Persönliche Chronik ist für:

Das Buch vom

3.

JULI

Ein ganz besonderer Tag

… ein ganz besonderer Tag

Nach der Kalenderreform 46 v. Chr. wurde der fünfte Monat Quintilis in Julius umbenannt und nahmen die siebente Stelle eines Jahres ein. Die neue Bezeichnung für diesen Monat wurde zu Ehren des römischen Feldherrn und Staatsmanns Gaius Julius Cäsar, der auch die Kalenderreform durchführte, vorgenommen.
Am 3. Juli wurde die Menschheit über die Jahrhunderte hinweg Zeuge gravierender politischer und kultureller Ereignisse. Zudem war dieser Tag auch der Geburtstag wichtiger Persönlichkeiten.

987 endete mit dem Tod König Ludwigs V. die Karolinger-Dynastie. Hugo Capet wurde König von Frankreich und begründete die Erbfolge der Kapetinger.
1866 besiegten die preußischen Truppen unter Helmuth von Moltke in der Schlacht in der Nähe des tschechischen Königgrätz die österreichisch-sächischen Verbände. Damit war der Deutsche Krieg zugunsten Preußens entschieden.
1897 setzte sich zum ersten Mal das Riesenrad im Wiener Prater in Bewegung.

Der tschechische Komponist Leoš Janáček wurde am 3. Juli 1854 in Hukvaldy bei Příbor geboren.

Im Zeichen des Krebses

22. Juni bis 22. Juli

Ähnlich wie Ebbe und Flut ist der Charakter der im Sternzeichen Krebs Geborenen von den Mondphasen wesentlich geprägt – manchmal sind sie heiter und stimmungsvoll wie ein sonniger Sommertag, dann urplötzlich tief betrübt. Darüber hinaus hat der Krebs-Mensch eine ausgeprägte Beziehung zu finanziellen Dingen. Obwohl er auch in dieser Hinsicht manchmal ein wenig sentimental sein kann, ist er doch oftmals ein cleverer Taktiker, der die sichere Anlage einer Spekulation bei weitem vorzieht.
Im Beruf zeichnet dieses Sternzeichen all die Eigenschaften aus, die Vorgesetzte an ihren Mitarbeitern zu schätzen wissen: Ehrgeiz, Ausdauer und Verläßlichkeit, sei der Job auch noch so anstrengend.
In den Reihen berühmter Krebs-Persönlichkeiten finden sich viele Unternehmer, Schriftsteller und Künstler. George Eastman begründete den bis heute weltgrößten Hersteller fotografischer Artikel, die Eastman Kodak Company. Der schwedische Filmregisseur Ingmar Bergman beeindruckt durch seine unermüdliche Suche nach dem Sinn des Lebens. In seinen Filmen stehen existentielle Fragen des Miteinanders im Vordergrund. Wie im Leben, so auch in den Romanen legte Ernest Hemingway Wert auf männlich-kämpferische Tugenden.

1900–1909

Highlights des Jahrzehnts

1900

- Weltausstellung in Paris
- Niederschlagung des Boxeraufstandes in China
- Uraufführung der Oper »Tosca« von Giacomo Puccini in Rom
- Probefahrt des ersten Zeppelins »LZ 1«

1901

- Die britische Königin Victoria stirbt
- Erste Nobelpreise verliehen
- Thomas Mann veröffentlicht die »Buddenbrooks«
- Mordattentat auf US-Präsident McKinley, Theodore Roosevelt wird Nachfolger

1902

- Beendigung des Burenkrieges in Südafrika
- Krönung Eduards VII. zum König von Großbritannien
- Inbetriebnahme der Transsibirischen Eisenbahn
- Kunstströmung »Jugendstil« auf dem Höhepunkt

1903

- Serbischer König Alexander I. ermordet
- Erste Tour de France
- Erster Motorflug der Brüder Wright
- Kampf der Suffragetten um das Frauenwahlrecht
- Margarethe Steiff präsentiert den »Teddy-Bären«

1904

- Hereroaufstand in Deutsch-Südwestafrika
- Beginn des Russisch-Japanischen Krieges
- Arthur Korn gelingt die erste Bildtelegraphie

1905

- Petersburger »Blutsonntag«
- Tangerbesuch Wilhelms II. führt zur Ersten Marokkokrise
- Albert Einstein entwickelt »Spezielle Relativitätstheorie«
- Künstlergemeinschaft »Die Brücke« wird gegründet

1906

- Revolutionäre Unruhen und erstes Parlament in Rußland
- Roald Amundsen duchfährt die Nordwestpassage
- Dreyfus-Affäre beigelegt
- Erdbeben verwüstet San Francisco

1907

- Pablo Picasso malt »Les Demoiselles d'Avignon« und begründet den Kubismus
- Erste Farbfotografien von Louis Jean Lumière

1908

- Ford baut Modell T (»Tin Lizzy«)
- Österreich-Ungarn annektiert Bosnien und Herzegowina
- Durchbruch der olympischen Idee bei Spielen in London
- 30 000 Jahre alte Statuette (Venus von Willendorf) gefunden

1909

- Robert E. Peary erreicht als erster Mensch den Nordpol
- Louis Blériot überfliegt den Ärmelkanal
- Unruhen in Persien: Schah Mohammed Ali dankt ab

◀ **Auf der Jagd nach Reichtum und Glück: Goldsucher in Alaska (1901)**

Dienstag 3. Juli

Technik

Der Stapellauf des Linienschiffes »Wittelsbach« wird zur Geschichtsstunde. In seiner Ansprache hebt Kaiser Wilhelm II. die historischen Verdienste des Geschlechts der Wittelsbacher hervor, weist aber zugleich darauf hin, daß den Hohenzollern im Reich die Führung gebührt. In Anspielung auf die Flottenaufrüstung Deutschlands bemerkt der Regent: »Der Ozean ist unentbehrlich für Deutschlands Größe.«

Politik

Die Russifizierung Finnlands schreitet voran. Um den Protest der Bevölkerung zu vermeiden, erklärt der Senat des Großfürstentums in Helsinki, daß der Zarenbeschluß vom 20. Juni über die Einführung des Russischen als Amtssprache nicht der Öffentlichkeit mitgeteilt werden darf. Seit 1809 steht Finnland unter russischer Herrschaft. Erst mit der Oktoberrevolution wird es unabhängig, was drei Jahre später von der Regierung in Moskau anerkannt wird.

Wetter

Angenehme Wetterverhältnisse kennzeichnen den Juli 1900. Bei einer Durchschnittstemperatur von über 20° C fällt nur wenig Niederschlag.

Mittwoch 3. Juli

Gesellschaft

Aus New York wird eine Hitzewelle bisher unbekannten Ausmaßes gemeldet. Schon mehrere hundert Personen sind infolge eines Hitzschlages verstorben. Die Verwaltung bittet alle Bürger der betroffenen Region, sich durch ausreichende Zuführung von Flüssigkeit und durch den Aufenthalt im Schatten vor den unmenschlichen Temperaturen zu schützen. Vielerorts werden die Hochhausdächer als Schlafplätze genutzt.

Stars der Jahre 1900–1909

Isadora Duncan
Tänzerin
Gustav Mahler
Komponist /Dirigent
Anna Pawlowa
Tänzerin
Sarah Bernhardt
Schauspielerin
Orville /Wilbur Wright
Flieger

Sport

Im Damenfinale der offenen internationalen Tennismeisterschaften von England in Wimbledon stehen sich Charlotte Sterry und Blanche Hillyard (beide Großbritannien) gegenüber. Die 31jährige Herausforderin Sterry besiegt Hillyard unerwartet sicher in zwei Sätzen mit 6:2 und 6:2.

Wetter

Mit einer durchschnittlichen Temperatur von 21,1° C und 58,8 mm Niederschlag zeigt sich der Juli im Jahr 1901 von einer schönen Seite.

Donnerstag 3. Juli

Gesellschaft

Großes Aufsehen erregt ein Steckbrief der Prager Polizeibehörden gegen den deutschen Kaiser anläßlich seiner chauvinistischen Äußerungen bei der Einweihung der wiederaufgebauten Marienkirche am 5. Juni. Das Gotteshaus gehört zur 1309 zum Hauptsitz des Deutschen Ordens gewordenen Marienburg (heute Malbork). Nach der Teilung Polens im Jahr 1772 fiel der Ort wieder in preußische Hand. Infolge der verbalen Angriffe Wilhelms auf die slawischen Völker kommt es im österreichischen Parlament in Wien zu einer heftigen Auseinandersetzung zwichen Tschechen und den Alldeutschen. Der für die Veröffentlichung des Steckbriefs zuständige Polizist wird vorläufig suspendiert.

Politik

Der Bergarbeiterstreik in Pennsylvania dauert unvermindert an. US-Päsident Theodore Roosevelt lehnt ein von der Handelskammer gefordertes Eingreifen als Vermittler ab. Der Aufstand legt wesentliche Bereiche der Kohleförderung lahm.

Wetter

Schlechtes Wetter herrscht im Juli 1902. Die mittlere Lufttemperatur liegt mit 17,0° C deutlich unter dem langjährigen Mittelwert für diesen Zeitraum.

1903

Freitag 3. Juli

Politik

Nach dem Rücktritt der griechischen Regierung am 25. Juni kommt es in Athen zu Auseinandersetzungen zwischen Theotokisten und Delijannisten. Theodoros Delijannis hatte demissioniert, weil er mit seinen Reformvorschlägen und seiner Konfrontationspolitik auf dem Balkan in Parlament scheiterte. Sein Nachfolger Georgios Theotokis tritt schon am 8. Juli zurück, übernimmt aber im Dezember wieder die Regierung.

Rekorde 1900–1909

400 m: Maxey Long (USA) – 47,8 sec (1900)
Weitsprung: Peter O' Connor (IRL) – 7,61 m (1901)
Stabhochsprung: Walter Dray (USA) – 3,90 m (1908)
Kugelstoßen: R. Rose (USA) – 15,56 m (1909)

Politik

In Hinblick auf die erstmalige Teilnahme von Frauen an den australischen Nationalwahlen veröffentlichen die fortschrittlichen Frauenverbände des Landes einen Katalog von Forderungen. Ihr Hauptaugenmerk liegt dabei auf der Durchsetzung gleicher Rechte von Mann und Frau in allen gesellschaftlichen Bereichen.

Wetter

Geringer Niederschlag und eine mittlere Lufttemperatur von 18,7° C sind die angenehmen Kennzeichen des Julis in diesem Jahr.

Sonntag 3. Juli

Kultur

Zur Feier des 250jährigen Jubiläums des münsterländischen Wallfahrtsortes Telgte haben sich rund 40 000 Menschen versammelt. Der Kölner Kardinal Anton Fischer führt im Auftrag von Papst Pius X. die traditionelle Krönung des Gnadenbildes durch.

Gesellschaft

Der Vater der zionistischen Bewegung, Theodor Herzl, verstirbt 44jährig im österreichischen Edlach. Herzl setzte sich seit der Dreyfus-Affäre vehement für die Gründung eines jüdischen Staates ein. Zeit seines Lebens stieß Herzl auf Widerstände, dennoch gelang es ihm, den Zionismus zu einer weltweiten Massenbewegung zu machen.

Technik

Ein Expreßzug entgleist auf der Strecke zwischen Chicago und St. Louis. Als Unfallursache gilt menschliches Versagen. 20 Personen kommen bei dem Unglück ums Leben, 50 erleiden Verletzungen.

Wetter

Warm und trocken ist der Juli im Jahr 1904. Die Durchschnittstemperatur liegt 2° C über dem langjährigen Mittelwert von 18,3° C.

Montag 3. Juli

Kultur

Nach stürmischer Debatte verabschiedet die französische Abgeordnetenkammer das Gesetz über die Trennung von Kirche und Staat. Die neuen Bestimmungen sehen u. a. vor, daß alle staatlichen Zahlungen an die Religionsgemeinschaften mit dem 1. Januar 1906 eingestellt werden.

Sport

Neuer Boxweltmeister im Schwergewicht ist Marvin Hart. Er besiegt in Reno seinen Gegner Jack Root in der achten Runde durch K.o. Hart tritt damit die Nachfolge des 1904 ungeschlagen zurückgetretenen James J. Jeffries an.

Politik

Die Unruhen in der russischen Marine breiten sich weiter aus. Nach der Meuterei auf dem Panzerkreuzer »Potemkin« Ende Juni in Odessa, revoltieren jetzt Einheiten im Ostseekriegshafen Kronstadt.

Wetter

Trotz einiger Regenfälle ist das Wetter im Juli 1905 durchaus erträglich. Die mittlere Lufttemperatur liegt mit 19,8° C deutlich über dem langjährigen Mittel von 18,3° C.

Dienstag 3. Juli

Gesellschaft

St. Michaelis, das Hamburger Wahrzeichen, wird durch ein Großfeuer völlig zerstört. Der Brand ist bei Reparaturarbeiten an der Kirche entstanden. Auch die angrenzende Häuserreihe an der Englischen Planke wird ein Raub der Flammen. Die Hamburger Bürgerschaft beschließt einige Tage später den Wiederaufbau der Barockkirche. Der Neubau wird dann 1912 eingeweiht.

»Linie ohne Bauch«: Das Korsett, ein modisches Muß für die elegante Frau

Gesellschaft

Seine traditionelle Nordlandreise tritt Kaiser Wilhelm II. von Kiel aus auf der »Hamburg« an. Im norwegischen Trondheim trifft er sich mit König Håkon VII.

Politik

Das allgemeine Wahlrecht für Frauen ist Bestandteil einer Parlamentsreform, die der finnische Landtag verabschiedet.

Wetter

Mit Temperaturen um durchschnittlich 19,4° C herrscht im Juli 1906 Bilderbuchwetter.

Mittwoch 3. Juli

Politik

Gute Figur in Sakkoanzug und Wettermantel: Die Mode für den Herrn

Die Auseinandersetzungen in Marokko zwischen Europäern und christenfeindlichen Arabern erreichen einen neuen Höhepunkt: Der marokkanische Heeresbefehlshaber, der Brite Harry McLean, gerät in die Gewalt des Berberhäuptlings Mulai Ahmed Ibn Mohammed Raisuh. Zwar wurde 1906 die Souveränität Marokkos bestätigt, doch wurde gleichzeitig die Handelsfreiheit garantiert und eine Polizeitruppe unter europäischen Offizieren aufgestellt. In der Folgezeit wird das Land zum Spielball der europäischen Mächte.

Gesellschaft

Kaiser Wilhelm II. und Kaiserin Auguste Viktoria treffen zu einem Staatsbesuch in Dänemark ein. Die Gespräche mit dem dänischen König Frederik VIII. finden in entspannter Atmosphäre statt.

Wetter

Von einer schlechten Seite zeigt sich der Juli 1907 mit anhaltenden Niederschlägen und einer Durchschnittstemperatur von 16,2° C.

Freitag 3. Juli

Politik

Die Bemühungen um gesellschaftliche Reformen in Rußland gehen weiter. 103 Abgeordnete des russischen Parlaments (Reichsduma) bringen in Petersburg einen Antrag zur Abschaffung der Todesstrafe ein. Unterzeichnet ist das Gesetzesvorhaben von allen Abgeordneten der linksgerichteten Parteien. Die konservative Mehrheit lehnt es jedoch ab.

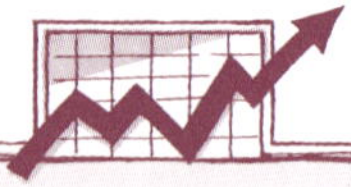

Preise in den Jahren 1900–1909

1 kg Butter	2,46
1 kg Mehl	0,35
1 kg Fleisch	1,55
1 Ei	1,05
1 l Vollmilch	1,00
10 kg Kartoffeln	0,65

in Mark, Stand 1905

Gesellschaft

Starke Regenfälle lassen den Jangtsekiang in China über die Ufer treten. Alle Städte zwischen Hankou und Nanking sind überschwemmt.

Politik

Makedonien bleibt unruhig. In Monastir beginnen Revolten türkischer Offiziere gegen das autokratische Regime des Sultans.

Wetter

Das Wetter im Juli 1908 ist ohne Besonderheiten. Die mittlere Lufttemperatur beträgt 19,9° C; der Niederschlag liegt knapp unter dem Mittel.

Samstag 3. Juli

Kultur

Die Heidelberger Akademie der Wissenschaften wird in Anwesenheit des Großherzogspaars und des Prinzen Max von Baden feierlich eröffnet. Die Gründung dieses »Zentrums des Geistes« in Baden wurde möglich, nachdem ein Privatmann 1 Mio. Mark gespendet hatte.

Ein Juwelenraub hält die britische Öffentlichkeit in Atem. In London überfallen drei Männer einen aus Paris angereisten Juwelier und erbeuten Schmuck im Wert von 2 Mio. Mark. Nach Angaben der Polizei müssen die Räuber den Händler mehrere Tage lang beobachtet haben, um eine günstige Gelegenheit zu finden.

Gesellschaft

Die katastrophalen hygienischen Verhältnisse in Rußland führen zu immer neuen Schreckensmeldungen. Jüngsten Angaben zufolge verlieren bei einer Cholera-Epidemie in Petersburg über 60 Menschen in wenigen Tagen ihr Leben.

Sport

Hanns Braun aus München wird in London britischer Meister über 880y.

Wetter

Relativ kühl und regnerisch zeigt sich der Juli 1909. Die Durchschnittstemperatur liegt rund 1° C unter dem langjährigen Mittel.

1910–1919

Highlights des Jahrzehnts

1910

- Georg V. wird nach dem Tod Eduards VII. britischer König
- Der Halleysche Komet passiert die Erde
- Bürgerliche Revolution beendet Monarchie in Portugal
- Wassily Kandinsky begründet die abstrakte Malerei
- Sieg des Schwarzen Jack Johnson bei Box-WM

1911

- Bürgerkrieg in Mexiko
- »Panthersprung nach Agadir« löst Zweite Marokkokrise aus
- Militärputsch leitet chinesische Revolution ein
- Roald Amundsen gewinnt den Wettlauf zum Südpol

1912

- Erster Balkankrieg
- Woodrow Wilson wird 28. US-Präsident
- Untergang der »Titanic«
- Büste der ägyptischen Königin Nofretete gefunden

1913

- Zweiter Balkankrieg
- Niels Bohr entwirft neues Atommodell
- Größter Bahnhof der Welt (Grand Central Station) in New York eingeweiht

1914

- Österreichs Thronfolger in Sarajevo ermordet
- Ausbruch des Ersten Weltkrieges
- Eröffnung des Panamakanals

1915

- Stellungskrieg im Westen
- Beginn der Ostoffensive
- Charlie Chaplin wird mit »Der Tramp« Star des US-Kinos
- Versenkung der »Lusitania« durch ein deutsches U-Boot

1916

- Schlacht um Verdun
- Osteraufstand in Irland niedergeschlagen
- Seeschlacht vor dem Skagerrak
- Der österreichische Kaiser Franz Joseph I. stirbt
- Rasputin ermordet

1917

- Beginn des uneingeschränkten U-Boot-Krieges
- Zar Nikolaus II. dankt ab
- Oktoberrevolution in Rußland

1918

- US-Präsident Wilson verkündet 14-Punkte-Programm zur Beendigung des Krieges
- Russische Zarenfamilie ermordet
- Waffenstillstand von Compiègne beendet Ersten Weltkrieg
- Novemberrevolution: Kaiser Wilhelm II. dankt ab, Philipp Scheidemann ruft die deutsche Republik aus

1919

- Spartakusaufstand niedergeschlagen
- Rosa Luxemburg und Karl Liebknecht ermordet
- Friedrich Ebert erster Reichspräsident
- Versailler Vertrag

◀ **Im Kampf gegen widrige Verhältnisse: Charlie Chaplin als »Tramp« (1915)**

Sonntag 3. Juli

Politik

Die Einheit der Slawen streben die Delegierten des in Sofia beginnenden zweiten Panslawistenkongresses an. Auf der Versammlung wird über die Möglichkeit einer engeren kulturellen, wirtschaftlichen und politischen Zusammenarbeit lebhaft diskutiert. Konkrete Ziele sind dabei u. a. die Gründung einer allslawischen Bank und die Organisation kultureller Veranstaltungen. Der Kongeß endet jedoch ohne brisante Beschlüsse.

Die Herrenkleidung wird sportlicher. Dazu gehört der weiche Hut

Kultur

Dem deutschen Kaiser widerfährt eine Ehrung der ganz besonderen Art. Wegen seiner unbürokratischen finanziellen Hilfe beim Wiederaufbau der westnorwegischen Stadt Ålesund enthüllen die örtlichen Honoratioren einen Gedenkstein für Wilhelm II. Åesund wurde 1904 durch eine Brandkatastrophe fast völlig zerstört.

Wetter

Nicht sehr warm ist der Juli im Jahr 1910. Mit 17,7° C erreicht er nicht den langjährigen Durchschnitt.

Montag 3. Juli

Politik

Nach dem Sturz der Monarchie im Oktober 1910 ist Portugal auf dem Weg zur Republik. Bereits 13 Tage nach ihrer Konstituierung legt die Verfassunggebende Versammlung in Lissabon den Entwurf für die neue Konstitution vor. Er beinhaltet u. a. die Gewaltenteilung und die Direktwahl der Volksvertreter. Am 23. August wird in Lissabon die Verfassung verkündet; erster Präsident des Landes wird Manoel de Arriaga.

Das praktische Sportkleid für die Jagd und für Bergtouren

Politik

Das Gesetz über die Altersversorgung in Frankreich stößt auf Widerstand. Am Tag seiner Inkraftsetzung finden in vielen Städten Arbeiterversammlungen statt, auf denen der Beschluß gefaßt wird, die als Lohnkürzungen empfundenen Beitragszahlungen zu verweigern. In Troyes kommt es zu Zusammenstößen zwischen Arbeitern und Militär.

Wetter

Sommerlich heiß ist der Juli in diesem Jahr. Seine Durchschnittstemperatur beträgt 20,5° C.

Mittwoch 3. Juli

Preise in den Jahren 1910–1919

1 kg Butter	2,74
1 kg Mehl	1,90
1 kg Fleisch	3,00
1 Ei	0,13
1 l Vollmilch	0,25
10 kg Kartoffeln	3,30
Stundenlohn	0,66

in Mark, Stand 1913

Technik

Der Untergang des für unsinkbar erklärten Luxusliners »Titanic« ist geklärt. Das einberufene Untersuchungskommitee veröffentlicht seine Ergebnisse und stellt fest, daß der Kapitän und die Offiziere verantwortungslos handelten. Da sie eine möglichst hohe Geschwindigkeit beibehalten wollten, mißachteten sie die üblichen Vorsichtsmaßregeln und Warnungen. Die »Titanic« kollidierte am 14. April des Jahres mit einem Eisberg. Bei dem Unglück verloren mehr als 1500 Menschen ihr Leben.

Gesellschaft

Der Distriktanwalt von New York erhebt schwere Vorwürfe gegen die Polizei seiner Stadt. Er vermutet, daß die Ermordung eines Spielbankbesitzers am 16. Juni mit Wissen der Sicherheitskräfte durchgeführt wurde.

Wetter

Das Wetter im Juli 1912 ist heiß und trocken. Bei einer Durchschnittstemperatur von 20,8° C liegen die Regenfälle unter dem langjährigen Mittelwert.

Donnerstag 3. Juli

Politik

Die Frauenbewegung in Großbritannien wird radikaler. Klara Giveen und Kitty Marion, zwei Anhängerinnen der Suffragetten, werden in London zu einer dreijährigen Haftstrafe verurteilt. Ihnen wird zur Last gelegt, eine Tribüne auf der Rennbahn im Londoner Hurst Park in Brand gesteckt zu haben. Im Verlauf der letzten Monate griffen die britischen Suffragetten wiederholt zu gewalttätigen Mitteln: Im Februar legten sie beispielsweise eine Bombe in das Landhaus des Schatzkanzlers Lloyd George, bei einer weiteren Aktion wurde ein Kiosk im Regents Park zerstört.

Gesellschaft

In der elsässischen Stadt Mülhausen (Mulhouse) spitzt sich der Streik der Bauarbeiter der Berliner Firma Julius Berger Tiefbau AG weiter zu. Ihr Ziel, die Zahlung des tariflich festgelegten Tageslohnes von 5,60 Mark, konnten sie bislang nicht durchsetzen. Die Umbauarbeiten am örtlichen Nordbahnhof ruhen weiter.

Wetter

Kühle Witterungsverhältnisse sind bestimmend für den Juli 1913. Die mittlere Temperatur von 17,3° C liegt 1° C unter dem langjährigen Mittel.

Freitag 3. Juli

Kultur

Ein Richtungsstreit dominiert die in Köln stattfindende siebente Jahresversammlung des Deutschen Werkbundes. Der Zusammenschluß zur Förderung von moderner Architektur und Design muß sich mit den Positionen zweier Teilnehmer auseinandersetzen. Der deutsche Architekt und Kunstschriftsteller Hermann Muthesius plädiert für standardisiertes Industriedesign, sein belgischer Kollege Henry van de Velde betont dagegen die individuelle architektonische Ausführung. Aufgrund der heftigen Diskussionen zieht Muthesius seine Thesen im Verlauf der Veranstaltung zurück und kann hierdurch eine drohende Spaltung des Werkbundes verhindern.

Technik

Zwischen New York und San Francisco wird erstmals eine Fernsprecheinrichtung in Betrieb genommen. Sie überbrückt den Kontinent auf einer Strecke von 4500 km Länge.

Wetter

Sommerlich heiße Temperaturen sind bestimmend für den Juli in diesem Jahr. Der langjährige Mittelwert für den Monat von 18,3° C wird um 2,3° C überschritten.

Samsag 3. Juli

Technik

Die steigende Zahl von Postsendungen alarmiert die deutsch-österreichische Feldpostverwaltung. In einer Presseerklärung weist sie darauf hin, daß weniger Päckchen an die Front in Galizien geschickt werden sollen, um eine Überlastung der Frachtabwicklung zu vermeiden.

Politik

Japan schickt keine Militärkontingente nach Europa. Mit dieser Entscheidung der japanischen Regierung wird ein Ersuchen der europäischen Alliierten um Unterstützung endgültig abgelehnt.

Politik

Die deutsche Sozialdemokratie streitet über ihre Haltung zum Krieg. Parteivorstand und Gewerkschaften distanzieren sich von einem offenen Brief führender SPD-Funktionäre, die sich gegen eine Unterstützung der deutschen Kriegführung wenden.

Wetter

Wenig Niederschlag kennzeichnet den Juli im Jahr 1915. Die Durchschnittstemperatur liegt fast bei dem langjährigen Vergleichswert.

Montag 3. Juli

Politik

Rußland und Japan unterzeichnen einen Geheimvertrag, der die nationalen Interessen bezüglich China festlegt. Das Abkommen sieht vor, sich gegenseitige militärische und politische Unterstützung zu gewähren, falls einer der beiden Vertragspartner seine Ambitionen in China durch dritte Mächte gefährdet sieht.

Rekorde 1910–1919

Schwimmen: H. Hebner (USA) – 1:20,8 min/ 100 m Rücken (1912)
100 m: Nina Popowa (RUS) – 13,1 sec (1913)
Hochsprung: C. Larson (USA) – 2,03 m (1917)
Speerwerfen: Jonni Myyrä (FIN) – 66,10 m (1919)

Gesellschaft

Die schlechte Versorgungslage im Reich dramatisiert sich. Das preußische Landesgetreideamt beginnt mit der Ausgabe von Reisebrotmarken. Sie berechtigen zum Bezug von täglich 250 g Brot.

Politik

Der Erste Weltkrieg geht in seine 100. Woche. Von der anfänglichen Begeisterung ist nichts mehr zu spüren.

Wetter

Relativ wenig Regen und eine mittlere Temperatur von 17,7° C bestimmen das Wetter im Juli 1916.

Dienstag 3. Juli

Gesellschaft

In Amsterdam tobt der »Kartoffelkrieg«. Auf dem Markt werden Polizisten mit Kartoffeln beworfen, die zuvor aus einem Eisenbahnwaggon gestohlen wurden. Militäreinheiten schlagen den Aufstand mit Gewalt nieder. Die Krawalle, die sich in allen Landesteilen der Niederlande ausbreiten, stehen im Zusammenhang mit Kartoffellieferungen nach Großbritannien. Anlaß für den Protest der Bevölkerung ist das Gerücht, die Regierung sei trotz der miserablen nationalen Versorgungslage von Großbritannien gezwungen worden, die neue Ernte den Briten zur Verfügung zu stellen.

Die in diesem Sommer besonders stark auftretende Kohlweißlingsplage, welche die Ernte gefährdet, führt zu neuen Bekämpfungsmethoden. Viele deutsche Bürgermeister setzen Belohnungen für den Fang der Schädlinge aus, z. B. 1 Mark pro 100 Stück. In großen Glasbehältern werden die »Täter« dann im Rathaus ausgestellt.

Politik

Die seit der Februarrevolution amtierende Regierung in Petrograd will die Ausbildung verstaatlichen. 37 000 kirchliche Schulen werden dem Volksbildungsministerium unterstellt.

Wetter

Mit einer Durchschnittstemperatur von über 19° C zeigt sich der Juli 1917 von der warmen Seite.

Mittwoch 3. Juli

Politik

Alter Mann am Bosporus tot: Der 35. Sultan der Osmanen, Muhammad V., stirbt mit 74 Jahren in Konstantinopel. Die Geschicke des Landes werden seit 1908 jedoch nicht mehr von den Sultanen, sondern den »Jungtürken« bestimmt.

Politik

Um Streikaktionen in kriegsrelevanten Bereichen zu vermeiden, beschließt die US-amerikanische Regierung die Verstaatlichung aller Telegraphie- und Telefongesellschaften.

Politik

Anna Groeneweg heißt die erste Frau, die in die Zweite Kammer des niederländischen Parlaments einzieht.

Kultur

Die Tretjakow-Gemäldegalerie in Moskau geht durch ein Regierungsdekret in Staatsbesitz über.

Wetter

Das Wetter im Monat Juli des Jahres 1918 hat keine nennenswerten Besonderheiten.

Donnerstag 3. Juli

Politik

Der als militärischer Oberbefehlshaber zurückgetretene deutsche Generalfeldmarschall Paul von Hindenburg verläßt sein Hauptquartier im pommerischen Kolberg. Gleichzeitig wird auch die Oberste Heeresleitung (OHL) aufgelöst. An den Oberkommandierenden der Entente-Streitkräfte, Marschall Ferdinand Foch, richtet Hindenburg einen offenen Brief, in dem er um die Nichtauslieferung des früheren deutschen Kaisers Wilhelm II. bittet.

Politik

Bei der zweiten Lesung des Verfassungsentwurfes legt die Weimarer Nationalversammlung die Reichsfarben Deutschlands fest: Die Nationalflagge ist schwarz-rot-gold, die Handelsflagge ist schwarz-weiß-rot mit einer schwarz-rot-goldenen Gösch.

Stars der Jahre 1910–1919

David Wark Griffith
Filmregisseur
Mary Pickford
Filmschauspielerin
Enrico Caruso
Sänger
Douglas Fairbanks
Filmschauspieler
Charlie Chaplin
Filmschauspieler

Wetter

Kühle Temperaturen sind die Kennzeichen des Julis im Jahr 1919. Die mittlere Lufttemperatur liegt mit 16,1° C weit unter dem langjährigen Schnitt.

1920–1929

Highlights des Jahrzehnts

1920

- Prohibition: Alkoholverbot in den USA
- NSDAP verabschiedet ihr Programm
- Kapp-Putsch scheitert
- Erstmals Salzburger Festspiele

1921

- Alliierte besetzen das Rheinland
- Hitler wird NSDAP-Vorsitzender
- Hormon Insulin entdeckt
- Rudolph Valentino wird Frauenidol
- Vertrag von Sèvres bedeutet Ende des Osmanischen Reichs

1922

- Hungersnot in Rußland
- »Deutschlandlied« wird zur Nationalhymne erklärt
- Mussolinis Marsch auf Rom
- Gründung der UdSSR
- Grab des Tutanchamun entdeckt
- Deutsch-russische Annäherung durch Vertrag von Rapallo
- Gründung der BBC
- Johnny Weissmuller stellt über 100 m Kraul den ersten seiner 67 Weltrekorde auf (58,6 sec)

1923

- Franzosen besetzen Ruhrgebiet
- Hitlers Putschversuch scheitert
- Währungsreform beendet Inflation im Deutschen Reich
- Die Türkei wird Republik

1924

- Erstmals Olympische Winterspiele
- Revolutionsführer Lenin stirbt
- Dawes-Plan lockert finanzielle Zwänge für Deutschland
- VIII. Olympische Spiele: Läufer Paavo Nurmi gewinnt 5 Goldmedaillen

1925

- Einparteiendiktatur in Italien
- Neugründung der NSDAP
- Hindenburg wird nach dem Tod Eberts Reichspräsident
- Europäische Entspannung durch Locarno-Pakt
- Joséphine Baker wird im Bananenröckchen zum Weltstar

1926

- Japans Kaiser Hirohito besteigt den Thron
- Militärputsch Pilsudskis in Polen
- Walt Disneys Mickey Mouse erblickt das Licht der Welt
- Deutschland im Völkerbund

1927

- Stalin entmachtet politische Gegner
- Charles Lindbergh überfliegt den Atlantik
- Uraufführung des Films »Metropolis« von Fritz Lang

1928

- Briand-Kellogg-Pakt zur Kriegsächtung unterzeichnet
- Alexander Fleming entdeckt das Penicillin
- »Dreigroschenoper« von Brecht und Weill uraufgeführt
- Erste Transatlantik-Fluglinie

1929

- Youngplan regelt Reparationen
- »Schwarzer Freitag« in New York löst Weltwirtschaftskrise aus
- Erste Oscar-Verleihung in Hollywood
- Antikriegs-Roman »Im Westen nichts Neues« von Erich Maria Remarque

◀ Rätselhaftes Idol: Rudolph Valentino in »Der Sohn des Scheichs« (1926)

Samstag 3. Juli

Politik

Neue Grenzen im Nachkriegseuropa: Estland und Lettland unterzeichnen ein Abkommen über den Grenzverlauf zwischen beiden Staaten. Der Vertrag über die jetzt gültige Landesgrenze ist zuvor von einer bilateralen Kommission unter britischer Leitung ausgearbeitet worden. Als »Knackpunkt« der wochenlangen Verhandlungen erwies sich insbesondere Valga, das nach heftigen Diskussionen jetzt Estland zugesprochen wird.

Gesellschaft

Die Streiks im mitteldeutschen Braunkohlerevier gegen den gesetzlich verordneten Steuerabzug vom Lohn und für Schichtzulagen gehen unvermindert weiter. Auch eine neue Verhandlungsrunde muß nach mehrstündigen Gesprächen ohne Ergebnis abgebrochen werden. Vertreter der Arbeiter weisen noch einmal darauf hin, daß sie von ihren Forderungen nicht abweichen und der Ausstand ohne ein Einlenken der Gegenseite nicht beendet wird. Erst am 20. Juli wird ein Kompromiß gefunden.

Wetter

Angenehme Temperaturen sind bestimmend für den Juli 1920. Mit durchschnittlichen 18,8 °C liegt dieser Monat knapp über dem langjährigen Mittel.

Sonntag 3. Juli

Sport

Überraschungssieg von Karl Jörns auf Opel beim zweitägigen internationalen Automobilrennen auf der dänischen Insel Fanø: Der Opel-Werksfahrer siegt beim Vorgaberennen – hier starten die Wagen in einem Abstand von 50 m – knapp vor dem favorisierten Briten John Duffy.

Kultur

Aachen steht ganz im Zeichen des internationalen Pfadfindertreffens. Das Meeting dient der Verbesserung der Verständigung und dem Austausch über die Aktivitäten in den einzelnen Ländern.

Politik

Die Rote Gewerkschaftsinternationale (RGI) wird auf dem ersten internationalen Kongreß der Fach- und Industrieverbände in Moskau als erster kommunistischer Gewerkschaftsdachverband gegründet. Die 380 Delegierten aus 42 Ländern beschließen eine enge politische und organisatorische Zusammenarbeit mit der Komintern.

Wetter

Sommerlich warm mit einer Durchschnittstemperatur von 19,1° C ist der Juli 1921.

Montag 3. Juli

Gesellschaft

Der jüdische Publizist Maximilian Harden wird in Berlin von Rechtsextremisten überfallen und mit Eisenstangen schwer verletzt. Das Attentat, nur wenige Tage nach dem Mord an Reichsaußenminister Walther Rathenau, erschüttert die deutsche Öffentlichkeit. Harden gilt als geistreicher politischer Journalist und Gesellschaftskritiker. 1892 gründete er in Berlin die politische Wochenzeitschrift »Zukunft«. 1907 bis 1909 war er in Skandalprozesse verwickelt, nachdem er die kaiserlichen Vertrauten um Philipp Fürst zu Eulenburg angegriffen hatte.

Tiefe Taille und schmale Silhouette: Mode im Zeichen von Art déco

Gesellschaft

In den Berliner Kaufhäusern beginnt der diesjährige Inventurausverkauf von Sommerartikeln. Die Geschäftsleute erwarten allgemein eine Verbesserung ihrer Umsatzzahlen im Vergleich zum Vorjahr.

Wetter

Eine ungewohnt niedrige Durchschnittstemperatur von 16,8 °C und viel Niederschlag sind für den Juli 1922 kennzeichnend.

Dienstag 3. Juli

Technik

Der öffentliche Personennahverkehr boomt. In Berlin übersteigen die Tageseinnahmen der Straßenbahnbetriebe erstmalig die magische Schallgrenze von 1 Mrd. Mark. An dieser astronomischen Summe trägt allerdings die galoppierende Inflation die Hauptschuld.

Politik

Als Reaktion auf das Bombenattentat auf einen belgischen Militärzug am 30. Juni verhängen die Besatzungsbehörden eine verschärfte Grenzsperre zwischen dem besetzten Ruhr- und Rheingebiet sowie den unbesetzten Teilen des Deutschen Reiches. Bei der Explosion auf der Hochfelder Rheinbrücke kamen acht Soldaten ums Leben. Hintergrund des Anschlags ist die Besetzung des Ruhrgebiets durch französische und belgische Truppen seit Januar 1923.

Vornehm und doch lässig: Burberry aus imprägniertem Baumwollstoff

Wetter

Wesentlich wärmer als im Vorjahr zeigt sich der Juli 1923. Die mittlere Lufttemperatur liegt mit 19,1° C deutlich über dem Normalwert.

Donnerstag 3. Juli

Politik

Der Umsetzung des Dawesplans zur Regulierung der alliierten Reparationsforderungen gegenüber dem Deutschen Reich steht nichts mehr im Wege. Nach Beratungen mit der Reichsregierung billigen auch die Chefs der deutschen Länderregierungen, mit Ausnahme von Mecklenburg-Schwerin die Neuregelung der Finanzforderungen der Siegermächte des Ersten Weltkrieges. Mit dem Dawesplan beginnt eine Phase der wirtschaftlichen Stabilisierung nach der Zeit der Inflation.

Bei einem Überfall auf einenHäftlingstransport in Duisburg wird der begleitende Wachbeamte schwer verletzt. Die Tat erfolgt in einer öffentlichen Straßenbahn. Zwei Täter eröffnen sofort das Feuer auf den Polizisten und befreien den Gefangenen. Die unter den Fahrgästen entstehende Panik ermöglicht die Flucht der Gangster.

Politik

In der griechischen Hauptstadt Athen wird ein vorläufiges deutsch-griechisches Wirtschaftsabkommen unterzeichnet. Der Vertrag garantiert den beiden Ländern bei wichtigsten Exportgütern die Meistbegünstigung.

Wetter

Starke Regenfälle bestimmen das Wetter im Juli 1924. Der Niederschlagswert von 111 mm liegt weit über dem langjährigen Vergleichswert von 70 mm.

Freitag 3. Juli

Politik

Mit einer geänderten Fiskalpolitik will Frankreich das Loch in der Haushaltskasse stopfen. Als neue Einnahmequellen für den Staat verabschiedet das Parlament in Paris die Erhöhung der Fremdensteuer, die Steuer auf Luxuskraftwagen, die Einkommensteuer für Junggesellen und die Steuern für Genußmittel.

Politik

Todesurteil für drei deutsche Studenten in Moskau. Der Oberste Gerichtshof der Sowjetunion verurteilt die Jungakademiker wegen Wirtschaftsspionage sowie geplanter politischer Attentate auf Regierungsmitglieder zum Tode. Die Angeklagten wurden im Oktober 1924 verhaftet, als sie sich nach eigenen Angaben auf einen wissenschaftlichen Expedition nach Sibirien befanden. In ihrem Gepäck fanden die Sicherheitskräfte allerdings Gift und Waffen. Nach diplomatischer Intervention wird das Urteil im November in eine zehnjährige Haftstrafe umgewandelt.

Wetter

Heiß und trocken ist das Klima im Juli 1925. So liegt die Durchschnittstemperatur mit 19,6° C weit über dem langjährigen Mittelwert (18,3° C).

Samstag 3. Juli

Gesellschaft

Wolkenbruchartige Regenfälle sorgen im Riesengebirge für Überschwemmungen. Da zahlreiche Flüsse über die Ufer treten, muß die Bevölkerung einiger Ortschaften evakuiert werden.

Politik

Auf dem zweiten Reichsparteitag der Nationalsozialistischen Deutschen Arbeiterpartei (NSDAP) in Weimar kann sich Adolf Hitler mit seinem politischen Konzept gegen die eher »links« orientierten Brüder Gregor und Otto Strasser durchsetzen. Der Sieg Hitlers geht nicht zuletzt auf das Konto des Delegierten Joseph Goebbels, der eine Stimmenmehrheit für Hitlers wirtschaftspolitische Thesen ermöglicht.

Sport

Die 50. All-England-Tennismeisterschaften in Wimbledon gehen zu Ende. Bei den Damen siegt die Britin Kitty Godfree, das Herreneinzel gewinnt Jean Borotra aus Frankreich.

Wetter

Trotz einer hohen Niederschlagsmenge ist der Juli 1926 sommerlich warm.

Sonntag 3. Juli

Sport

Sportsgeist und Klassenbewußtsein: Vor 100 000 Zuschauern wird in Prag im Beisein des tschechoslowakischen Staatspräsidenten Tomáš Garrigue Masaryk die Arbeiter-Olympiade eröffnet. Für dieses viertägige sportliche Großereignis sind 50 000 Teilnehmer aus 16 Nationen gemeldet. Deutschland stellt mit 3000 Aktivisten die stärkste ausländische Delegation. Die Wettkämpfe werden von Aufmärschen, Festzügen und Massenturnveranstaltungen begleitet. Gerade in Deutschland erlebt die Arbeitersportbewegung in den 20er Jahren einen Aufschwung.

Stars der 20er Jahre

Buster Keaton
Filmschauspieler
Johnny Weissmuller
Schwimmer
Rudolph Valentino
Filmschauspieler
Joséphine Baker
Tänzerin
Charles Lindbergh
Flieger

Politik

Bei den Landtagswahlen in Mecklenburg-Strelitz verzeichnen die linksgerichteten Parteien leichte Gewinne. Schon jetzt zeichnet sich ab, daß sich die Regierungsbildung aufgrund der Mandatsverteilung problematisch gestalten.

Wetter

Das Wetter im Juli 1927 ist ohne nennenswerte Besonderheiten.

Dienstag 3. Juli

Preise in den 20er Jahren

1 kg Butter	3,60
1 kg Mehl	0,50
1 kg Fleisch	2,50
1 Ei	0,20
10 kg Kartoffeln	0,80
Stundenlohn	0,93

in RM, Stand 1926
(ohne Inflationsjahre)

Technik

Dem TV-Pionier John Logie Baird gelingt in London die erste Fernsehübertragung in Farbe.

Politik

Die Lösung der Reparationsfrage und die vorzeitige Räumung des besetzten Rheinlandes sind die außenpolitischen Ziele, die Reichskanzler Hermann Müller in seiner Regierungserklärung formuliert.

Gesellschaft

Nicht dem Gemeinwohl verpflichtet? Die britische Zeitung »Manchester Guardian« vertritt in einem Artikel die Ansicht, daß die Stellenbesetzung im Sekretariat des Völkerbundes mit Berufsdiplomaten die Objektivität des Gremiums wesentlich beeinträchtigt. »Dieser Personenkreis«, so das Blatt, »versteht sich eher als Vertreter des eigenen Landes, denn als Beamter des Völkerbundes«.

Wetter

Geringer Niederschlag und eine durchschnittliche Lufttemperatur von 18,6° C prägen den Juli 1928.

Mittwoch 3. Juli

Kultur

Der Stummfilm »Der Mann mit der Kamera« des sowjetischen Regisseurs Dsiga Wertow wird im Berliner Marmorhaus erstmalig der deutschen Öffentlichkeit vorgestellt. Bei dieser Produktion gibt es keine Handlung, sondern das »Auge des Zuschauers« ist der Protagonist. Unterbrochen von Sequenzen aus Laboratorien und Schneideräumen kann der Zuschauer verfolgen, wie der Film hergestellt wird.

Gesellschaft

Adel verpflichtet! Wegen Vergehens gegen das Republikschutzgesetz wird Friedrich Wilhelm zur Lippe zu einer Geldstrafe von 500 Reichsmark verurteilt. Der Prinz hatte in einem Zeitungsartikel erklärt, um »Minister zu werden, muß man heute im Zuchthaus gesessen haben«.

Rekorde in den 20er Jahren

Schwimmen: J. Weissmuller (USA) – 58,6 sec/100 m Freistil (1922)
10 000 m: P. Nurmi (FIN) – 30:06,1 min (1924)
1500 m: O. Peltzer (GER) – 3:51,0 min (1926)
Kugelstoßen: Emil Hirschfeld (GER) – 16,04 m (1928)

Wetter

Der Juli des Jahres 1929 weist keine klimatischen Besonderheiten auf. Die durchschnittliche Lufttemperatur liegt mit 18,4 ° C knapp über dem langjährigen Mittelwert von 18,3 ° C.

1930–1939

Highlights des Jahrzehnts

1930

- Mahatma Gandhi startet Salzmarsch
- Marlene Dietrich avanciert im Film »Der Blaue Engel« zum Weltstar
- Uruguay wird erster Fußballweltmeister
- Max Schmeling durch Disqualifikationssieg Boxweltmeister im Schwergewicht

1931

- Spanien wird Republik
- Vorführung des Ganzmetallflugzeugs »Ju 52« (»Tante Ju«)
- Empire State Building höchstes Gebäude der Welt
- Mafia-Boß Al Capone hinter Gittern

1932

- Staatsstreich in Preußen
- Wahlsieg der NSDAP
- Chaco-Krieg um Erdöl zwischen Bolivien und Paraguay
- Proklamation des Staates Saudi-Arabien

1933

- Adolf Hitler zum Reichskanzler ernannt
- Reichstagsbrand in Berlin
- Ermächtigungsgesetz in Kraft
- Deutsche Studenten verbrennen »undeutsche« Literatur

1934

- Nationalsozialistischer Volksgerichtshof gegründet
- »Röhm-Putsch« niedergeschlagen
- Mord an Bundeskanzler Dollfuß – Ende der 1. Republik Österreich
- Maos Kommunisten in China auf dem »Langen Marsch«

1935

- Judenverfolgung mit sog. Nürnberger Gesetzen
- Italien marschiert in Äthiopien ein
- Porsche baut Prototyp für VW »Käfer«
- Deutsch-britisches Flottenabkommen

1936

- Beginn des Spanischen Bürgerkriegs
- Volksfrontregierung in Frankreich
- Ausstellung »Entartete Kunst«
- XI. Olympische Spiele in Berlin zur NS-Propaganda genutzt
- Margaret Mitchell veröffentlicht »Vom Winde verweht«
- Schauprozesse in der UdSSR

1937

- Krieg zwischen Japan und China
- Georg VI. in London gekrönt
- Zeppelin LZ »Hindenburg« explodiert in Lakehurst
- Niederländische Kronprinzessin Juliana heiratet Prinz Bernhard

1938

- »Anschluß« Österreichs ans Deutsche Reich
- Münchner Abkommen soll Hitler bezähmen
- Terror gegen Juden in der »Reichskristallnacht«
- Otto Hahn gelingt erste Atomspaltung

1939

- Deutsche Truppen marschieren in Prag ein
- Hitler-Stalin-Pakt
- Beginn des Zweiten Weltkrieges

◀ **Luftige Show: Akrobaten auf dem Empire State Building (1934)**

1930

Donnerstag 3. Juli

Politik

Otto Strasser, Vertreter des sozialrevolutionären Flügels der NSDAP, gründet in Berlin die »Kampfgemeinschaft revolutionärer Nationalsozialisten«. Rund 200 weitere Anhänger des linken Parteiflügels der NSDAP folgen seinem Aufruf: »Die Sozialisten verlassen die NSDAP«. Die Austrittswelle um Strasser steht in direktem Zusammenhang mit den parteiinternen Säuberungsaktionen Hitlers, der sich aus wahltaktischen Gründen nicht auf eine bestimmte wirtschaftspolitische Linie festlegen will.

Preise in den 30er Jahren

1 kg Butter	2,96
1 kg Mehl	0,47
1 kg Fleisch	1,60
1 l Vollmilch	0,23
1 Ei	0,10
10 kg Kartoffeln	0,90
1 kg Kaffee	5,33
Stundenlohn	0,78

in RM, Stand 1934

Gesellschaft

Wilde Tiere im Angebot: Die in einigen deutschen Zeitungen veröffentlichte Preisliste für Tiere aus Afrika ist breitgefächert. So kostet eine Giraffe 10 000 RM, ein Nilpferd zwischen 8000 und 10000 RM und ein Löwe 3000 RM.

Wetter

Der Regenschirm gehört zum festen Bestandteil der Kleidung im Juli 1930. Die Niederschlagsmenge von 191 mm liegt fast zwei Drittel über dem langjährigen Mittelwert.

Freitag 3. Juli

Sport

Durch technischen K.o. in der 15. Runde über den US-amerikanischen Herausforderer William Young Stribling bleibt Max Schmeling weiterhin Boxweltmeister im Schwergewicht. Der Champion erhält eine Börse von rund 590 000 RM. 37 000 Zuschauer verfolgen den Kampf in Cleveland.

Sport

Die erste deutsche Wimbledonsiegerin heißt Cilly Aussem. Im rein deutschen Dameneinzelfinale besiegt sie Hilde Krahwinkel mit 6:2 und 7:5.

Politik

Die gewalttätigen innenpolitischen Auseinandersetzungen zwischen rechten und linken Gruppierungen verschärfen sich. Um die Sicherheit weiterhin zu gewährleisten, erlaubt der preußische Innenminister Carl Severing (SPD) seinen Polizeibeamten per Erlaß den sofortigen »scharfen Schuß«.

Wetter

Mit einer Durchschnittstemperatur von 18,5° C ist der Juli 1931 sommerlich warm. Einzig die etwas erhöhte Niederschlagsmenge trübt die Sommerfreude an manchen Tagen.

Sonntag 3. Juli

Kultur

Die Berliner Krolloper, eine der bedeutendsten Musik- und Sprechbühnen Deutschlands, wird auf Weisung des preußischen Landtages geschlossen. Das 1924 gegründete Haus hatte mit künstlerisch hochwertigen Aufführungen immer wieder für Diskussionsstoff in der Öffentlichkeit gesorgt.

Sport

Die Deutschen Meisterschaften der Leichtathleten enden in Hannover. Auf der zweitägigen Sportveranstaltung wurden u. a. die deutschen Teilnehmer an den X. Olympischen Sommerspielen in Los Angeles ermittelt.

Politik

Bei Religionsauseinandersetzungen zwischen Hindus und Moslems in Bombay werden 215 Menschen getötet, etwa 2600 Personen erleiden Verletzungen.

Wetter

Heiß und trocken ist der Juli des Jahres 1932. Die mittlere Lufttemperatur liegt mit 19,9° C weit über dem langjährigen Vergleichswert von 18,3° C, die Niederschlagsmenge beträgt 52 mm.

Montag 3. Juli

Gesellschaft

Der nationalsozialistische Einheitsstaat wird auf allen Gebieten durchgesetzt. Mit seiner Schlußtagung in Berlin vollzieht der 1920 gegründete Jungdeutsche Orden (Jungdo) seine Selbstauflösung. Der nationale Kampfbund wurde geführt von Arthur Mahraun, der am 21. Juli wegen angeblich landesverräterischer Betätigung verhaftet wird.

Stars der 30er Jahre

Louis Armstrong
Trompeter
Marlene Dietrich
Filmschauspielerin
Greta Garbo
Filmschauspielerin
Fred Astaire
Tänzer/Schauspieler
Sonja Henie
Eiskunstläuferin

Kultur

Die Gleichschaltung der Presselandschaft wird mit der Gründung der Nationalsozialistischen Rundfunkkammer in Berlin vollzogen. Der Kammer gehören u. a. die Rundfunkindustrie, der Radiohandel, die Funkpresse und das Reichspropagandaministerium unter Leitung von Joseph Goebbels an, das für die Überwachung des Rundfunks zuständig ist.

Wetter

Mit einer mittleren Lufttemperatur von 19,2° C und einer Niederschlagsmenge von 79 mm zeigt der Juli 1933 sich von einer angenehmen Seite.

Diensag 3. Juli

Gesellschaft

Oberforst- und Jägermeister: Hermann Göring, preußischer Ministerpräsident und Reichsminister der Luftfahrt, wird von Adolf Hitler zum Reichsforstmeister ernannt. Dem passionierten Jäger Göring obliegt es fortan, dafür Sorge zu tragen, daß Wild und Wald im Deutschen Reich als wertvolles Kulturgut erhalten bleiben.

Politik

Das Reichskabinett in Berlin verabschiedet ein Gesetz zur Änderung des Reichswahlgesetzes. Die Novellierung sieht vor, daß ein Abgeordneter sein Reichstagsmandat verliert, wenn er aus der Fraktion der NSDAP austritt oder ausgeschlossen wird.

Politik

Als »Staatsnotwehr gegen Hoch- und Landesverrat« wird die Niederschlagung der angeblichen Röhm-Revolte von der NS-Regierung nachträglich legitimiert.

Wetter

Sommerlich heiß ist der Juli 1934. Mit 19,6° C liegt seine Durchschnittstemperatur weit über dem langjährigen Mittelwert.

Mittwoch 3. Juli

Gesellschaft

Kritik an der Partei ist nicht erlaubt. Diese leidvolle Erfahrung machen 26 Beamte der Freien Stadt Danzig, die als NSDAP-Mitglieder öffentlich gegen die verordnete kommunale Leitlinie der Nationalsozialisten protestiert haben und daraufhin sofort verhaftet werden. Danzig steht unter Völkerbundverwaltung.

Rekorde in den 30er Jahren

200 m: J. Carlton (AUS) – 20,6 sec (1932)
Weitsprung: Jesse Owens (USA) – 8,13 m (1935)
Weitsprung: Erika Junghans (GER) – 6,07 m (1939)
400 m: Rudolf Harbig (GER) – 46,0 sec (1939)

Politik

Der polnische Außenminister Beck trifft zu zweitägigen Besuch in Berlin ein. Bei den Gesprächen mit Adolf Hitler geht es Fragen des deutsch-polnischen Verhältnisses und der europäischen Sicherheit. Deutschland und Polen haben 1934 einen Nichtangriffspakt geschlossen. Mit diesem Schachzug will Hitler die deutsche Ostflanke gegen die Sowjetunion sichern und im Westen seine »Friedensliebe« beweisen – und ungestört aufrüsten.

Wetter

Wenig Regen und eine angenehme Durchschnittstemperatur von 18,8° C sind für das Wetter im Juli 1935 bestimmend.

Freitag 3. Juli

Gesellschaft

»Die deutsche Jugend soll marschieren«. Dies ist der Tenor eines Artikels auf der Jugendseite der »Kieler Neuesten Nachrichten«, der das Trampen als Unsitte anprangert. Die Autofahrer sind zugleich aufgerufen, die Tramper zum »Wohle des Deutschen Volkes« zu ignorieren.

Sport

Tennisbaron Gottfried von Cramm verliert das Endspiel im Herreneinzel um die inoffizielle Tennis-Weltmeisterschaft in Wimbledon. Der Brite Fred Perry schlägt den »ewigen Zweiten« mühelos in drei Sätzen mit 6:1, 6:1, 6:0.

Gesellschaft

Nach Angaben des Statistischen Reichsamtes kommen wieder mehr Touristen nach Deutschland. Gegenüber dem Vergleichsmonat im Vorjahr ist eine Steigerung von 35 % zu verzeichnen.

Wetter

Das Wetter im Juli 1936 ist wenig spektakulär. Die mittlere Lufttemperatur entspricht fast dem langjährigen Vergleichswert von 18,3° C, die Niederschlagsmenge liegt bei 80 mm.

Samstag 3. Juli

Kultur

Karl Jaspers, Professor für Psychologie und Philosophie an der Universität in Heidelberg, muß in den Ruhestand gehen. Dem international bekannten Wissenschaftler wird offiziell mitgeteilt, daß seine Abberufung aus verwaltungstechnischen Gründen vollzogen wird. Inoffiziell beruht die Entlassung aus den Lehrämtern zum einen auf der Anfeindung durch NS-Ideologen, zum anderen auf den Umstand, daß Jaspers mit einer Jüdin verheiratet ist.

Die bekannte Rekordfliegerin Amelia Earhart (USA), die sich auf einem Alleinflug um die Welt befindet, ist im Pazifik verschollen. Trotz einer sofort eingeleiteten Suchaktion kann die Pilotin nicht gefunden werden.

Politik

Die Faschisten gewinnen im Spanischen Bürgerkrieg die Oberhand. Bei seinen Gesprächen mit der französischen Regierung in Paris weist der spanische Ministerpräsident Juan Negrín López eindringlich darauf hin, daß sich die republikanische Regierung in Valencia nicht mehr lange verteidigen könne, wenn nicht sofort ein ausreichendes Kontingent an Munition und Waffen zur Verfügung gestellt werde.

Wetter

Normalwerte sind die Kennzeichen des Julis 1937.

Sonntag 3. Juli

Sport

Der Deutsche Fußballmeister 1938 wird nicht in der normalen Spielzeit von 90 Minuten ermittelt, sondern steht erst nach zwei Fußballschlachten von insgesamt vier Stunden Länge fest. In einem hochdramatischen Wiederholungsendspiel muß sich Titelverteidiger FC Schalke 04 mit 3:4 nach Verlängerung gegen Hannover 96 geschlagen geben. Die 100 000 Zuschauer im Berliner Olympiastadion sind begeistert. Den dritten Platz belegt Fortuna Düsseldorf.

Figurbetonte Eleganz in den 30er Jahren: Kostüm aus Wollstoff mit Lederpaspeln

Sport

Manfred von Brauchitsch gewinnt auf Mercedes-Benz den Grand Prix von Frankreich für Automobile in Reims. Der Triumph der Deutschen wird ergänzt durch den zweiten und dritten Platz seiner Markengefährten Rudolf Caracciola und Hermann Lang.

Wetter

Warm und trocken ist der Juli 1938, mit einer mittleren Lufttemperatur von 18,8° C und einer Niederschlagsmenge von nur 51 mm.

Montag 3. Juli

Kultur

Als »Entartungen im Tanzwesen« kritisieren die Reichsmusik- und die Reichstheaterkammer einige Aufführungen an deutschen Bühnen. Besonders anstößig sei das Singen von ausländischen Texten bei der Intonierung von Musikstücken.

Der Herr liebt es eher klassisch: Sommersakko aus hellem Fischgrät

Politik

Die finnischen Sozialdemokraten bleiben auch weiterhin stärkste Partei im nationalen Parlament. Bei den Reichstagswahlen gewinnen sie 85 Sitze, zweitstärkste politische Kraft ist die Bauernpartei mit 55 Mandaten.

Gesellschaft

Aufgrund der angespannten internationalen Lage verfügt die Reichspropagandaleitung der NSDAP für Juli und August weitgehende Versammlungsruhe für die Partei.

Wetter

Einzig die etwas erhöhte Niederschlagsmenge von 80 mm macht den Juli 1939 klimatisch auffällig. Die Durchschnittstemperatur liegt bei 18,6° C.

1940-1949

Highlights des Jahrzehnts

1940

- Deutscher Luftkrieg gegen Großbritannien
- Beginn der Westoffensive
- Winston Churchill neuer britischer Premierminister

1941

- Schottlandflug von Rudolf Heß
- Deutscher Überfall auf die Sowjetunion
- Japan greift Pearl Harbor an – Kriegseintritt der USA
- »Citizen Kane« von Orson Welles in den Kinos

1942

- Wannsee-Konferenz beschließt Judenvernichtung
- 6. Armee in Stalingrad eingeschlossen
- Beginn alliierter Luftangriffe auf deutsche Städte
- »Casablanca« mit Ingrid Bergman und Humphrey Bogart uraufgeführt

1943

- Goebbels propagiert den »totalen Krieg«
- Ende der Widerstandsgruppe »Weiße Rose«
- Aufstand im Warschauer Ghetto scheitert

1944

- Alliierte landen in der Normandie
- Stauffenberg-Attentat auf Hitler scheitert
- Charles de Gaulle wird Staatschef Frankreichs
- US-Präsident Franklin D. Roosevelt zum dritten Mal wiedergewählt

1945

- KZ Auschwitz befreit
- Bedingungslose Kapitulation Deutschlands
- Vereinte Nationen gegründet
- Beginn der Potsdamer Konferenz
- US-Atombomben zerstören Hiroschima und Nagasaki

1946

- Gründung der SED
- Nürnberger NS-Prozesse
- US-Atombombentests im Südpazifik
- Hilfe durch Care-Pakete aus den USA
- Französischer Kolonialkrieg in Vietnam

1947

- Marshallplan-Hilfe für Europa
- Indien feiert Unabhängigkeit von Großbritannien
- GATT regelt den Welthandel
- Thor Heyerdahls »Kon-Tiki«-Expedition erfolgreich

1948

- Mahatma Gandhi ermordet
- Währungsreform in Ost und West
- UdSSR verhängt Berlin-Blockade
- Staatsgründung Israels
- Korea gespalten
- UNO-Menschenrechtsdeklaration

1949

- Gründung der NATO
- Grundgesetz für die Bundesrepublik Deutschland verkündet
- Konrad Adenauer erster Bundeskanzler
- Proklamation der Deutschen Demokratischen Republik
- Chinesische Revolution

◂ Der Kuß: Jubel über das Kriegsende auf New Yorks Broadway (1945)

Mittwoch 3. Juli

Politik

Juden nach Madagaskar: Im Rahmen der von der deutschen Reichsregierung angestellten Überlegungen »zur Lösung der Judenfrage« entwickelt der Judenreferent im Auswärtigen Amt, Franz Rademacher, den Plan, nach dem »Endsieg« alle europäischen Juden vom Kontinent zu verbannen. Sie sollen auf der französischen Insel Madagaskar angesiedelt werden.

Politik

Unternehmen »Catapult«: Um die Inbesitznahme des starken französischen Marinegeschwaders durch das Deutsche Reich zu verhindern, ordnet der britische Premier Churchill u. a. die Zerstörung der im britischen Hafen und in Oman liegenden französischen Kriegsschiffe durch britische Marineeinheiten an. Die Regierung Pétain bricht die diplomatischen Beziehungen zu Großbritannien ab, Churchill rechtfertigt die Aktion mit der Unsicherheit der Haltung der Vichy-Regierung gegenüber Nazi-Deutschland.

Wetter

Etwas kühl ist der Juli 1940. Seine Durchschnittstemperatur liegt mit 17,8° C knapp unter dem langjährigen Mittel von 18,3° C.

Donnerstag 3. Juli

Politik

Nach dem Überfall der deutschen Wehrmacht auf die Sowjetunion ruft Staatschef Josef W. Stalin in einer von allen Rundfunkstationen übertragenen Ansprache zum allgemeinen Partisanenkrieg auf. Die sowjetische Bevölkerung ist aufgefordert, die paramilitärischen Einheiten zu unterstützen.

Politik

Das Weiße Haus in Washington bestätigt inoffizielle Angaben, wonach die Regierung der Vereinigten Staaten von Amerika überlegt, Großbritannien und die Sowjetunion in Form von Waffen- und Munitionslieferungen im Kampf gegen Deutschland zu unterstützen. Eine endgültige Entscheidung über Art und Umfang der US-Hilfe sei aber noch nicht gefallen.

Gesellschaft

Eidgenössische Tourismusbranche leidet unter Kriegsfolgen: Dutzende von Hotels mußten wegen Gästemangel ihren Betrieb einstellen.

Wetter

Heiß und extrem trocken zeigt sich der Juli (9,54 mm Niederschlag).

Freitag 3. Juli

Das Extravagante an diesem Sommerkleid – der mit Tapeziernägeln besetzte Gürtel

Politik

Der deutsch-italienische Vormarsch endet vor Al Alamain. Nachdem ein erneuter Versuch der deutschen Panzerarmee in Afrika gescheitert ist, die von der britischen 8. Armee gehaltene Verteidigungslinie bei Al Alamain zu durchbrechen, befiehlt der Oberbefehlshaber der deutschen Truppen, Generalfeldmarschall Erwin Rommel, den Angriff einzustellen bis Verstärkung eingetroffen ist. Der Rückzug der deutschen Truppen führt in den folgenden Wochen zu einer Erstarrung der Fronten in Nordafrika.

Politik

Um die britische Kolonie Indien zu einen und die Unabhängigkeitsbewegung zu befrieden, nimmt der britische Vizekönig erstmals einen Inder in sein Kriegskabinett auf. Der indische Subkontinent erhält 1947 die Unabhängigkeit von Großbritannien.

Wetter

Regnerisch und etwas zu kalt zeigt sich der Juli 1942. Die Sonne scheint nur 207 Stunden.

Samstag 3. Juli

Politik

Zu einer zweitägigen Konferenz treffen in New York die deutschsprachigen Sozialdemokraten und Gewerkschafter in den USA zusammen. In der Abschlußresolution fordern die Delegierten u. a. die Bestrafung der NS-Verbrecher, die Vergesellschaftung der Großindustrie und eine demokratische Gesellschaftsordnung.

Gesellschaft

Köln wird von einem schweren alliierten Luftangriff heimgesucht. In der Nacht zum 4. Juli werfen fast 600 britische Bomber 1808 t an Sprengmitteln über der Stadt ab.

Technik

Der Verbrauch von Energie im Deutschen Reich kann in Zukunft rationiert werden.

Wetter

Sehr warm ist der Juli 1943. 261 Sonnenstunden und eine Durchschnittstemeperatur von 19,1 ° C gestalten den ansonsten tristen Alltag etwas freundlicher.

Das Modemagazin »Esquire« stellt diese Abendmode für den Herrn vor

Montag 3. Juli

Politik

Mit der »Kesselschlacht von Minsk« ist die 4. deutsche Armee vernichtend geschlagen. Im Rahmen der sowjetischen Sommeroffensive (seit 22. Juni) gegen die deutsche Heeresgruppe Mitte erobern Einheiten der 2. Weißrussischen Front die Stadt Minsk. Die Rote Armee stößt nach diesem Erfolg weiter nach Westen vor und erreicht Ende Juli Ostpreußen und die Stadtgrenze von Warschau.

Rekorde in den 40er Jahren

5000 m: G. Hägg (SWE) – 13:58,2 min (1942)
Hochsprung: Fanny Blankers-Koen (HOL) – 1,71 m (1943)
Marathon: Suh Yun Bok (KOR) – 2:25:39 h (1947)
Speerwerfen: Natalia Smirnizkaja (URS) – 53,41 m (1949)

Politik

Der Siegeszug der alliierten Verbände ist nicht zu stoppen. US-amerikanische und freifranzösische Truppen besetzen die italienische Stadt Siena.

Politik

Neuer deutscher Oberbefehlshaber an der Westfront wird Hans-Günther von Kluge. Er löst Gerd von Rundstedt ab.

Wetter

Der Juli des Jahres 1944 ist ohne klimatische Besonderheiten.

Dienstag 3. Juli

Politik

Die US-amerikanische und die britische Militärregierung erlauben in ihren Besatzungszonen die Aufstellung von deutschen Polizeieinheiten. Mit der Hilfspolizei wird versucht, die chaotischen Verhältnisse in Deutschland nach Ende des Krieges in den Griff zu bekommen. Durch den Zusammenbruch der öffentlichen Ordnung ist in den Besatzungszonen u. a. die Kriminalität stark angestiegen. Der Neuaufbau der Polizei erfolgt dezentral, um der Gefahr des totalitären Mißbrauchs schon im Vorfeld zu begegnen.

Preise in den 40er Jahren

1 kg Butter	3,50
1 kg Mehl	0,45
1 kg Fleisch	1,60
1 l Vollmilch	0,26
1 Ei	0,12
10 kg Kartoffeln	1,00
1 kg Zucker	0,76
Stundenlohn	0,81

in RM, Stand 1943

Politik

Gemäß der Vereinbarung zur Viermächteverwaltung Berlins beginnen Einheiten der US-amerikanischen und britischen Armee mit der Besetzung der ihnen zugewiesenen Sektoren.

Wetter

Ohne besondere Auffälligkeiten ist der Juli 1945. Seine Durchschnittstemperatur entspricht fast dem langjährigen Vergleichswert von 18,3° C.

Mittwoch 3. Juli

Politik

Anhänger des früheren französischen Ministerpräsidenten General Charles de Gaulle gründen in der Hauptstadt Paris die Partei der »Gaullistischen Union«.

Technik

Nach den ersten amerikanischen Atombombenversuchen auf dem Bikini-Atoll im Südpazifik (30. Juni) wettert die sowjetische Nachrichtenagentur TASS in einem politischen Kommentar, daß die USA damit jeglichen Abrüstungswillen untergraben würden.

Gesellschaft

US-Präsident Harry S. Truman erklärt die Bereitschaft, 100 000 jüdische Einwanderer auf Kosten der Vereinigten Staaten nach Palästina zu transportieren. Aufgrund der jüdisch-arabischen Auseinandersetzungen ist die Lage im britisch verwalteten Palästina jedoch äußerst angespannt.

Wetter

Hochsommerliche Temperaturen von durchschnittlich 20,7° C bei nur 37 mm Niederschlag bringen Deutschland ins Schwitzen.

Mittwoch 3. Juli

Kultur

Zwischen allen vier Besatzungszonen steht dem ungehinderten Austausch von Presseerzeugnissen nichts mehr im Wege. Die Mitglieder des Koordinierungsausschusses im Alliierten Kontrollrat für Deutschland unterzeichnen eine Direktive, die den freien Vertrieb deutscher Zeitungen etc. gestattet. Ausgenommen sind allerdings Publikationen, welche die militärische Sicherheit gefährden oder faschistische Tendenzen vertreten. Das gesamte Pressewesen steht kurz nach Kriegsende unter Kontrolle der Besatzungsmächte.

Stars der 40er Jahre

Humphrey Bogart
Filmschauspieler
John Wayne
Filmschauspieler
Katharine Hepburn
Filmschauspielerin
Hans Albers
Filmschauspieler
Joe Louis
Boxer

Politik

Das belgische Parlament ratifiziert das Gesetz über die Bildung einer Zollunion mit den Niederlanden. Die Wirtschaftsgemeinschaft der beiden Nachbarn tritt mit dem 1. Januar 1948 in Kraft.

Wetter

Der Juli 1947 ist sommerlich warm. Bei einer mittleren Temperatur von 18,9° C bringen einige wenige Regenfälle zumindest teilweise Abkühlung.

Samstag 3. Juli

Politik

In der sowjetischen Besatzungszone beginnt der Aufbau der Kasernierten Volkspolizei (KVP). Diese setzt sich aus Grenzpolizisten und ehemaligen Wehrmachtsangehörigen zusammen. Die Truppe soll bei inneren Unruhen in der Ostzone zum Einsatz kommen. Ihre Ausrüstung erhalten die Polizisten aus Beständen der früheren Wehrmacht. Die KVP wird durch die sowjetischen Besatzungsbehörden strengstens kontrolliert.

Politik

In Washington wird bekannt, daß die USA drei Monate nach Aufnahme der Lieferungen im Rahmen des Marshallplans bereits 58 % der vorgesehenen Gesamtausgaben erbracht haben.

Sport

Bei den inoffiziellen Tennisweltmeisterschaften in Wimbledon siegt der US-Amerikaner Bob Falkenberg im Herreneinzel. Er schlägt den Australier John Bromwich in fünf Sätzen.

Wetter

Bei einer mittleren Lufttemperatur von 18,0° C läßt der Juli sich in diesem Jahr gut ertragen.

Sonntag 3. Juli

Politik

Vergangenheit bewältigt? Der französische Gerichtshof, der sich in dem vergangenen Jahren mit der Aburteilung von Beamten der Vichy-Regierung befaßt hat, stellt seine Arbeit ein. Während der Besetzung Frankreichs durch die Deutschen (1940–44) hatte die Vichy-Regierung unter Marschall Philippe Pétain begrenzt mit den Nationalsozialisten zusammengearbeitet.

Beim ersten Sommerschlußverkauf in Deutschland seit 1939 erwarten die Geschäftsleute trotz Arbeitslosigkeit einen beträchtlichen Käuferandrang. Die Sommersaisonware ist teilweise bis zu 80% reduziert.

Kultur

»Deutsche Malerei und Plastik der Gegenwart«, eine Ausstellung des Werkbundes in Köln, die seit dem 24. Mai zu sehen war, schließt ihre Pforten. Obwohl eine Vielzahl von Kunststilen vertreten war, dominierten die Werke abstrakter Maler. Als Publikumsmagneten erwiesen sich die Meister des deutschen Expressionismus, allen voran Max Beckmann und Emil Nolde.

Wetter

Geringer Niederschlag und eine angenehme Durchschnittstemperatur von 18,7 ° C sind die Kennzeichen des Julis im Jahr 1949.

1950 - 1959

Highlights des Jahrzehnts

1950

- Ausbruch des Koreakrieges
- Abschaffung der Lebensmittelmarken in Deutschland

1951

- Debatte um die Wiederaufrüstung Deutschlands
- Skandal um Hildegard Knef als »Sünderin«
- Erster Schritt zur europäischen Einigung: Montanunion perfekt
- Der persische Schah Mohammed Resa Pahlewi heiratet Soraya

1952

- Helgoland wieder unter deutscher Verwaltung
- Staatsstreich in Ägypten
- DDR riegelt Grenze ab
- Dwight D. Eisenhower wird zum 34. US-Präsidenten gewählt
- USA zünden Wasserstoffbombe
- In Deutschland bricht das Fernsehzeitalter an

1953

- Tod des sowjetischen Diktators Josef Stalin
- Volksaufstand in der DDR
- Elisabeth II. zur Königin von Großbritannien und Nordirland gekrönt
- Mount Everest: Höchster Berg der Welt bezwungen

1954

- Französische Niederlage in Vietnam
- Deutschland wird in Bern Fußballweltmeister
- Beginn des Algerienkrieges
- Mit »That's alright Mama« beginnt der Aufstieg von Elvis Presley

1955

- Die Bundesrepublik wird ein souveräner Staat
- Gründung des Warschauer Paktes
- Tragischer Tod von James Dean
- Erste »documenta«

1956

- Traumhochzeit von Grace Kelly und Rainier III. von Monaco
- Volksaufstand in Ungarn
- Suezkrise führt zu Nahostkrieg
- Musical »My Fair Lady« beginnt seinen Siegeszug um die Welt

1957

- Gründung der EWG
- »Sputnik-Schock« bildet Auftakt zu Wettlauf im All
- Heinz Rühmann als »Hauptmann von Köpenick« gefeiert
- Erste Massenimpfung gegen Kinderlähmung

1958

- De Gaulle und Adenauer begründen deutsch-französische Freundschaft
- Rock 'n' Roll-Fieber grassiert weltweit
- Pelé – Star der Fußballweltmeisterschaft in Schweden
- Atomium ist Wahrzeichen der Weltausstellung in Brüssel

1959

- Fidel Castro übernimmt die Macht in Kuba
- Hula-Hoop-Welle schwappt aus den USA nach Europa
- Premiere des Marilyn-Monroe-Films »Manche mögen's heiß«
- Erste Bilder von der Rückseite des Mondes

Rock around the clock: Bill Haley (vorn) »erfindet« den Rock 'n' Roll

Montag 3. Juli

Stets korrekt und im Zweifelsfall eher weit geschnitten: Herrenmode in den 50ern

Technik

Zwischen Duisburg und Rheinhausen wird nach zweijähriger Bauzeit Europas größte Stahlbogenbrücke ihrer Bestimmung übergeben. Die Kosten für die Straßenverbindung über den Rhein belaufen sich auf 8,3 Mio. DM. Für die Herstellung des Giganten wurden insgesamt 4000 t Stahl verarbeitet.

Gesellschaft

Riesiger Andrang bei Wiedereröffnung des KaDeWe: Das Kaufhaus des Westens in Berlin (West) öffnet seine Türen im Gebäude an der Tauentzien-/Ecke Passauer Straße. Zunächst nur auf zwei Verkaufsetagen werden die Waren dieses renommierten Geschäftes den Berlinern angeboten. Viele Eröffnungsangebote sind nach kurzer Zeit restlos vergriffen. Um trotz des Menschenansturms bedienen zu können, klettern einige der 600 Verkäufer auf Tische und Stühle.

Wetter

Mit 229 Sonnenscheinstunden und 91 mm Niederschlag herrscht im Juli 1950 schlechteres Wetter als im langjährigen Mittel.

Dienstag 3. Juli

Technik

Auf der größten Bauausstellung in Deutschland seit 1931, der »Constructa« in Hannover, präsentieren 1260 Aussteller aus dem In- und Ausland Einrichtungsgegenstände, Installationen und Ideen für die Gestaltung von Wohnblocks. Wohnungsbauminister Eberhard Wildermuth (FDP) eröffnet die Messe und erklärt angesichts der Kriegszerstörungen, es gelte nun, was in 100 Jahren gewachsen sei, innerhalb einer Generation wiederherzustellen.

Gesellschaft

Mit knapper Mehrheit entscheiden sich die Delegierten der außerordentlichen Generalversammlung der IG Bergbau in Essen für die Annahme einer zuvor als Kompromiß ausgehandelten 12prozentigen Lohnerhöhung. Ein Streik ist somit in letzter Minute abgewendet.

Für eine gute Figur auf der Tanzfläche: Kleid aus Chiné-Taft

Wetter

Mit einer mittleren Lufttemperatur von 18,4° C liegt der Juli knapp über dem langjährigen Durchschnittswert. Seine 263 Sonnenscheinstunden sind rekordverdächtig.

Donnerstag 3. Juli

Gesellschaft

Die gute alte Zeit des sog. Tante-Emma-Ladens an der nächsten Ecke ist möglicherweise schneller vorbei, als viele Bundesbürger denken. Eine Studie der Rationalisierungsgemeinschaft des deutschen Handels kommt zu dem Schluß, daß nur Selbstbedienungsläden nach dem amerikanischen Vorbild der Shopping-Center eine wirtschaftliche Zukunftschancen besitzen. Zur Zeit gibt es in Deutschland 98 Geschäfte dieser Art, bei denen durch Personaleinsparungen die Betriebskosten gesenkt wurden.

Mit sog. Tankstellenmädchen geht der britisch-niederländische Mineralölkonzern Shell auf Kundenwerbung. Sie sollen den Autofahrern an den deutschen Zapfsäulen die Öl- und Wasserwartung ihres Kfz abnehmen.

Sport

Bei einer Leichtathletikveranstaltung im kalifornischen Tulare stellt der US-Amerikaner Bob Mathias einen Fabelweltrekord auf. Im Zehnkampf, der sog. Königsdisziplin der Athleten, erreicht er 7825 Punkte.

Wetter

Hochsommerliches Klima bietet der Juli 1952. Im Durchschnitt ist es 18,4° C warm, die Sonne scheint insgesamt 277 Stunden lang. Die langjährigen Mittelwerte sind 18,3 °C und 242 Stunden.

Freitag 3. Juli

Gesellschaft

Neuer gesetzlicher Feiertag in der Bundesrepublik: Zum Gedenken an den Arbeiteraufstand in der DDR, wird der 17. Juni zum »Tag der deutschen Einheit« erklärt.

Sport

Der Nanga Parbat, mit 8126 m der neunthöchste Berg der Erde, wird erstmals im Alleingang bezwungen. Unterstützt von einer elfköpfigen deutsch-österreichischen Expedition erreicht der erfahrene österreichische Bergsteiger Hermann Buhl gegen 19 Uhr den im westlichen Himalajagebiet gelegenen Gipfel.

Gesellschaft

Bessere Zeiten für Kaffeetrinker: In der Bundesrepublik wird die Kaffee- und Teesteuer kräftig herabgesetzt. Ein Kilo Tee wird zukünftig mit 3 DM statt mit 15 DM besteuert, bei Kaffee reduziert sich die Staatseinnahme von 10 auf 4 DM je 1000 g.

Wetter

Wärme und wenig Regen bei einer etwas unter Durchschnitt liegenden Sonnenscheindauer sind kennzeichnend für den Juli 1953.

Samstag 3. Juli

Gesellschaft

Nach mehr als 14 Jahren wird auf den Britischen Inseln die Rationierung von Fleisch und Speck aufgehoben. Zu Beginn des Jahres wurden bereits die Einschränkungen für Speisefette außer Kraft gesetzt. Die Verbraucher stehen der Freigabe der letzten limitierten Produkte mit gemischten Gefühlen gegenüber. Vielerorts wird befürchtet, daß die Preise rasant ansteigen. In der Bundesrepublik war die Lebensmittelrationierung bereits am 1. Mai 1950 aufgehoben worden.

Rekorde in den 50er Jahren

Kugelstoßen: Jim Fuchs (USA) – 17,95 m (1950)
10 000 m: Emil Zátopek (TCH) – 28:54,6 min (1954)
800 m: R. Moens (BEL) – 1:45,7 min (1955)
Eisschnellauf: Eugen Grischin (URS) – 1000 m in 1:22,8 min (1955)

Gesellschaft

In den USA herrscht der UFO-Spuk: Zum wiederholten Male veröffentlichen einige amerikanische Printmedien Fotos, die den angeblichen Besuch außerirdischer Lebewesen auf der Erde dokumentieren sollen.

Wetter

Heftige Regenfälle und nur 135 Sonnenstunden (Durchschnitt 242 Stunden) lassen keine Sommergefühle aufkommen.

Sonntag 3. Juli

Sport

Das 86. Deutsche Derby auf der Galopprennbahn in Hamburg-Horn kann die Stute »Lustige« unter Jockey Albert Klimscha nach spannendem Finish für sich entscheiden.

Politik

Zum Abschluß des Kongresses der Sozialistischen Partei Frankreichs in Paris fordern die Delegierten eine staatliche Garantie in Fragen der Vollbeschäftigung. Eine Zusammenarbeit mit der Kommunistischen Partei im Bereich der Sozialpolitik wird aus ideologischen Gründen abgelehnt.

Sport

Bei den offenen englischen Tennismeisterschaften in Wimbledon gewinnt der US-Amerikaner Tony Trabert das Herreneinzel gegen Kurt Nielsen aus Dänemark mit 6:3, 7:5 und 6:1. Das Dameneinzel entscheidet Louise Brough durch einen Sieg über Beverly Baker-Fleitz (beide USA) für sich.

Wetter

Der Juli 1955 verläuft ohne klimatische Besonderheiten. Seine Durchschnittstemperatur liegt knapp über dem langjährigen Mittel von 18,3° C.

Dienstag 3. Juli

Technik

Eine deutlich erhöhte radioaktive Belastung der Luft registrieren Wissenschaftler in Hamburg. Sie führen die schockierenden Meßwerte, die etwa beim Zehnfachen der Normalwerte liegen, auf die amerikanischen Atombombenversuche zurück.

Stars der 50er Jahre

Marilyn Monroe
Filmschauspielerin
James Dean
Filmschauspieler
Elvis Presley
Sänger
Sophia Loren
Filmschauspielerin
Brigitte Bardot
Filmschauspielerin

Politik

In Manila erklärt US-Vizepräsident Richard M. Nixon, die USA würden die Unabhängigkeit ihrer ehemaligen Kolonie Philippinen achten.

Politik

Der sowjetische Delegierte Andrei A. Gromyko schlägt auf der Konferenz der UN-Abrüstungskommission in New York eine international gültige Friedensdeklaration vor. Die Unterzeichnerstaaten sollen sich darin verpflichten, auf Kernwaffen gänzlich zu verzichten.

Wetter

Trotz erhöhten Niederschlages ist der Juli 1956 mit durchschnittlich 18,6° C sommerlich warm.

Mittwoch 3. Juli

Gesellschaft

Als »Grundgesetz der freien Marktwirtschaft« bezeichnet Bundeswirtschaftsminister Ludwig Erhard das heute vom Bundestag in Bonn verabschiedete Gesetz gegen Wettbewerbsbeschränkungen. Die neuen Bestimmungen verbieten, allerdings mit Ausnahmen, die Bildung von Kartellen. Eine Bundesbehörde soll zukünftig die Einhaltung der Bestimmungen überwachen und ggf. Ausnahmegenehmigungen erteilen. Kritiker werfen dem Minister vor, daß die in der Bundesrepublik gängige Geschäftspraxis der Kartellbildung durch diese Verordnungen nicht wirksam bekämpft wird.

Politik

Mit dem Gesetz über die Alterssicherung für Landwirte, welches das bundesdeutsche Parlament in dritter Lesung verabschiedet, wird zum erstenmal eine Gruppe von Selbständigen in der BRD zwangsversichert. Alle hauptberuflichen Landwirte kommen unter bestimmten Voraussetzungen zukünftig ab dem 65. Lebensjahr in den Genuß eines monatlichen Ruhegeldes.

Wetter

Sonnenwetter mit einer Durchschnittstemperatur von 19,1 ° C verlockt zu Ausflügen ins Grüne.

Donnerstag 3. Juli

Gesellschaft

Mord an KZ-Häftlingen: Der ehemalige SS-Hauptscharführer und Arrestverwalter des KZ Buchenwald, Gerhard Martin Sommer, wird wegen Mordes in 25 Fällen zu lebenslanger Zuchthausstrafe und zur Aberkennung der bürgerlichen Ehrenrechte auf Lebenszeit verurteilt. Das Gericht sieht es in seiner Urteilsfindung als erwiesen an, daß Sommer mindestens 25 KZ-Häftlinge durch Injektionen getötet hat.

Preise in den 50er Jahren

1 kg Butter	6,75
1 kg Mehl	0,76
1 kg Fleisch	5,01
1 l Vollmilch	0,40
1 Ei	0,23
10 kg Kartoffeln	2,14
1 kg Kaffee	21,40
Stundenlohn	1,96

in DM, Stand 1955

Sport

Europameister der Springreiter wird durch seinen Sieg beim Championat in Aachen der Elmshorner Fritz Thiedemann auf »Meteor«. Auf den nächsten Plätzen folgen der Italiener Piero d'Inzeo auf »The Rock« und der Deutsche Hans Günter Winkler mit »Halla«.

Wetter

Das Wetter im Juli 1958 ist ohne Besonderheiten. Durchschnittstemperatur, Niederschlagsmenge und Sonnenscheindauer entsprechen weitgehend den langjährigen Mittelwerten.

Freitag 3. Juli

Technik

Der Verschmutzung der Weltmeere wird der Kampf angesagt. Mehrere Delegierte einer internationalen Umweltkonferenz in Kopenhagen fordern eindringlich – wenn auch vergebens – ein totales Verbot der Ölentleerung der Schiffe auf hoher See.

Politik

Ohne greifbares Ergebnis enden die Gespräche des UNO-Generalsekretärs Dag Hammarskjöld mit der Regierung der Vereinigten Arabischen Republik (Ägypten) über die Öffnung des Sueskanals für israelische Schiffe. Durch die Sperrung des Kanals verschärft sich der Nahostkonflikt.

Politik

Über Atomwaffen wird demnächst auch Frankreich verfügen. Dies bestätigt der französische Verteidigungsminister Pierre Guillaumat in einem Rundfunkinterview. Frankreich zündet seine erste Atombombe im folgenden Jahr.

Wetter

Eine etwas über der Norm liegende Niederschlagsmenge wird im Juli 1959 durch 254 Sonnenstunden wieder ausgeglichen.

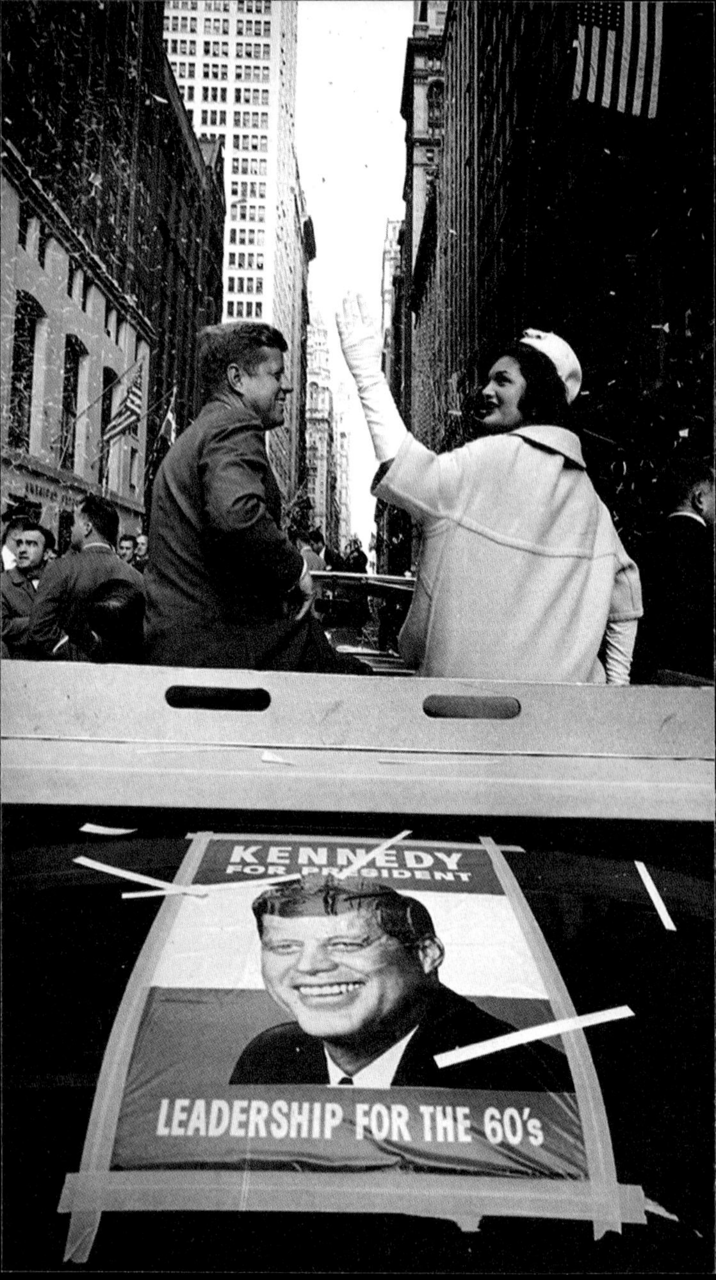
KENNEDY
FOR PRESIDENT
LEADERSHIP FOR THE 60's

1960–1969

Highlights des Jahrzehnts

1960

- Gründung der EFTA
- Frankreich wird 4. Atommacht
- John F. Kennedy wird 35. Präsident der USA
- Hochzeit des Jahres: Fabiola und König Baudouin von Belgien

1961

- Erster Mensch im Weltraum: der Russe Juri Gagarin
- Bau der Mauer in Berlin
- Gründung von Amnesty International

1962

- Flutkatastrophe an der Nordseeküste und in Hamburg
- Kuba-Krise: USA erzwingen Abbau sowjetischer Raketenbasen
- »Spiegel«-Affäre löst Regierungskrise aus
- Start der erfolgreichsten Serie der Kinogeschichte: James Bond

1963

- Deutsch-Französischer Freundschaftsvertrag
- US-Präsident Kennedy wird in Dallas erschossen
- Marika Kilius und Hans-Jürgen Bäumler werden Weltmeister im Eiskunstlaufen

1964

- Die USA greifen in den Vietnamkrieg ein
- Revolution in der Damenmode: der Minirock
- Der 22jährige Cassius Clay wird jüngster Boxweltmeister
- UdSSR: Breschnew neuer KP-Chef
- Erfolgreichste Pop-Gruppe der 60er: die Beatles
- Den Rolling Stones gelingt der internationale Durchbruch

1965

- Im Alter von 90 Jahren stirbt in London Winston Churchill
- Erste Fotos vom menschlichen Embryo im Mutterleib
- Ziehung der Lottozahlen erstmals im Fernsehen

1966

- Große Koalition aus CDU/CSU und SPD gebildet
- APO beginnt sich zu formieren

1967

- Sechs-Tage-Krieg in Nahost
- Erste Herztransplantation
- Bürgerkrieg in Biafra
- Kult-Musical »Hair« wird uraufgeführt

1968

- Ermordung des schwarzen Bürgerrechtlers Martin Luther King und des US-Präsidentschaftskandidaten Robert Kennedy
- »Prager Frühling« durch Einmarsch von Warschauer-Pakt-Truppen beendet
- Aufklärungswelle erreicht den Schulunterricht

1969

- Willy Brandt wird Kanzler einer sozialliberalen Koalition
- Der erste Mensch betritt den Mond
- »Sesamstraße« begeistert Millionen von Kindern
- Rockfestival in Woodstock

◀ **Voller Optimismus in die 60er: John F. Kennedy und seine Frau Jacqueline**

Sonntag 3. Juli

Politik

Unmittelbar nach den Unabhängigkeitsfeiern am 30. Juni kommt es im Kongo, dem heutigen Zaire, zu blutigen Auseinandersetzungen zwischen rivalisierenden Stämmen und Parteien. Die bürgerkriegsähnlichen Unruhen spitzen sich zu, als sich die an Rohstoffen reiche Provinz Katanga vom Kongo abtrennt. Erst drei Jahre später kann die Einheit des Landes durch Truppen der UNO und der Zentralregierung wiederhergestellt werden.

Kultur

Das traditionsreiche Newport-Jazzfestival im US-Bundesstaat Rhode Island muß nach schweren Krawallen abgebrochen werden. Mehr als 12 000 der rund 27 000 angereisten Besucher können aus Platzmangel nicht eingelassen werden und liefern sich Straßenschlachten mit Sicherheitskräften.

Sport

Jockey Paul Fuchs gewinnt auf »Alarich« das 91. Deutsche Galoppderby in Hamburg-Horn.

Wetter

Wenig Sonne und eine Durchschnittstemperatur von nur 16,4° C kennzeichnen den Juli 1960.

Montag 3. Juli

Gesellschaft

Sprengstoffanschläge in Südtirol und die Gegenmaßnahmen der italienischen Polizei haben den Fremdenverkehr in diesem Gebiet um mehr als 75 % sinken lassen. Der »Freiheitskampf der Südtiroler«, so das staatliche Reisebüro in Bozen, wird im laufenden Jahr zu einem Einnahmeverlust von umgerechnet 192 Millionen DM führen.

Gesellschaft

Die Hausfrauen in der Bundesrepublik haben eine wöchentliche Arbeitszeit von 130 Stunden. Diese Zahlen veröffentlicht das Statistische Bundesamt im Auftrag des Hausfrauenbundes. Im Bericht heißt es weiter, daß eine Durchschnitts-Hausfrau in einem städtischen Vier-Personen-Arbeitnehmer-Haushalt im Monat auf eine Arbeitsleistung von 522,7 Stunden kommt.

Preise in den 60er Jahren

1 kg Butter	7,58
1 kg Mehl	1,06
1 kg Fleisch	7,91
1 l Vollmilch	0,50
1 Ei	0,21
10 kg Kartoffeln	2,88
1 kg Kaffee	16,61
Stundenlohn	4,15

in DM, Stand 1964

Wetter

Mit nur 18,0° C Lufttemperatur durchschnittlich und wenig Sonnenschein bietet der Juli 1961 keinen Grund zur Freude.

Dienstag 3. Juli

Politik

Algerien erhält seine Unabhängigkeit von Frankreich. In Paris erklärt der französische Staatspräsident Charles de Gaulle das Ende der 132 Jahre dauernden Herrschaft seines Landes in diesem Teil Nordafrikas. Der Souveränität Algeriens sind erbitterte Kämpfe mit Frankreich vorausgegangen.

Politik

Korruptionsvorwurf gegen Strauß: Auf einer CDU-Wahlversammlung in Dortmund erklärt Bundesverteidigungsminister Franz-Josef Strauß (CSU), die Angriffe gegen ihn im Zusammenhang mit der Fibag-Affäre seien »vom Osten gesteuert«. Das Hamburger Nachrichtenmagazin »Der Spiegel« hatte im Februar eine Verbindung zwischen Strauß und der Fibag, die sich um den Bau von Wohnungen für US-Truppen bemüht, hergestellt. Strauß soll in diesem Zusammenhang bestochen worden sein, wird aber durch einen Untersuchungsausschuß des Bundestages entlastet. Das Duell Strauß gegen »Spiegel« geht weiter.

Wetter

Angenehme sommerliche Temperaturen zeichnen den Juli 1962 aus. Die Sonnenscheindauer liegt weit über den sonst üblichen Werten.

Mittwoch 3. Juli

Politik

Noch kein Ende der belgischen Regierungskrise: Der Streit zwischen Flamen und Wallonen um die sprachliche Zuordnung einiger Gemeinden führt zu einem Rücktrittsgesuch des amtierenden Kabinetts. König Baudouin lehnt das Ansinnen der Regierung jedoch ab und fordert im Gegenzug nochmals die Vertreter aller beteiligten Parteien auf, eine Lösung für das Sprachenproblem zu erarbeiten.

Politik

Mit NöSPL versucht die DDR, die ökonomisch prekäre Lage im Land zu verbessern. Das Neue ökonomische System der Planung und Leitung der Volkswirtschaft (NöSPL) wird vom Staatsrat verabschiedet und hat den Zweck, die Arbeiterschaft in den einzelnen Betrieben durch den »kapitalistischen Anreiz Gewinn« zu höheren Leistungen anzuspornen.

Rekorde in den 60er Jahren

Stabhochsprung: Brian Sternberg (USA) – 5,00 m (1963)
Hochsprung: V. Brumel (URS) – 2,28 m (1963)
Weitsprung: Bob Beamon (USA) – 8,90 m (1968)
100 m: Jim Hines (USA) – 9,9 sec (1968)

Wetter

Der Juli 1963 ist heiß und trocken. Seine mittlere Lufttemperatur liegt mit 19,1° C weit über dem langjährigen Durchschnitt.

Freitag 3. Juli

Sport

Roy Emerson heißt der Wimbledon-Sieger 1964 im Herreneinzel. Der 27jährige Australier schlägt in einem Marathonmatch seinen Landsmann Fred Stolle in vier Sätzen mit 6:4, 12:10, 4:6 und 6:3.

Politik

Zu einem zweitägigen Arbeitsbesuch trifft der französische Staatspräsident Charles de Gaulle in der Bundesrepublik ein. Im Mittelpunkt der Gespräche mit Bundeskanzler Adenauer stehen die deutsch-französischen Beziehungen und Fragen der Europapolitik. Am 22. Januar 1963 hatten Adenauer und de Gaulle den Vertrag über die deutsch-französische Freundschaft unterzeichnet.

Gesellschaft

»Die Zeit der Schuldlosen«, ein deutscher Spielfilm von Thomas Fantel, kommt in die Kinos. Erik Schumann, Peter Pasetti und Wolfgang Kieling spielen die Hauptrollen.

Wetter

Extrem trocken ist der Juli 1964. Die mittlere Lufttemperatur liegt knapp über dem langjährigen Vergleichswert.

Samstag 3. Juli

Politik

Die US-Regierung verfügt den Abzug von 1400 Soldaten aus der Dominikanischen Republik. Damit befinden sich noch rund 11 000 Marine-Infanteristen auf der Karibikinsel. Bewaffnete Auseinandersetzungen zwischen rivalisierenden Offiziersgruppen in Santa Domingo führten im April zur Entsendung erster US-Einheiten. Die Soldaten sollen etwa 2300 ansässige US-Amerikaner schützen und außerdem dafür sorgen, daß die Dominikanische Republik unter der Kontrolle Washingtons bleibt. Seit der Revolution von Fidel Castro auf Kuba 1959 wollen die USA ihren »Hinterhof« frei von sozialistischen Bestrebungen halten.

Stars der 60er Jahre

Die Beatles
Popgruppe
Sean Connery
Filmschauspieler
Pelé
Fußballspieler
Jean Paul Belmondo
Filmschauspieler
Dustin Hoffman
Filmschauspieler

Sport

Margaret Smith aus Australien gewinnt das Wimbledon-Finale in der Damenkonkurrenz. Im Endspiel schlägt sie die Brasilianerin Maria Esther Bueno in zwei Sätzen mit 6:4 und 7:5.

Wetter

Kühl und regnerisch ist der Juli 1965.

Sonntag 3. Juli

»Mini« heißt das Schlagwort der 60er – hier in Form eines Strickkleides

Politik

Labour-Regierungskrise in Großbritannien: Frank Cousins, Technologieminister im Kabinett von Harold Wilson, kündigt aus Protest gegen ein neues Gesetz zur Lohn- und Preispolitik seinen Rücktritt an. Dieses Gesetz ermächtigt die Regierung des Königreiches bis 1966 im Kampf gegen die nationale Wirtschaftskrise einen Lohn- und Preisstopp zu verfügen. Cousins begründet seine Demission mit ideologischen Differenzen.

Gesellschaft

Prediger in Soho: Der Besuch des US-amerikanischen Evangelisten Billy Graham in London steht unter einem guten Stern. Das Organisationskomitee teilt mit, daß von den 3 Mio. Eingeladenen der größte Teil die Veranstaltungen besuchen will. Das »Maschinengewehr Gottes«wird zunächst in Soho gegen die moralische Verkommenheit predigen.

Wetter

Ähnlich wie im Vorjahr bietet der Juli 1966 keine Sommerfreuden.

Montag 3. Juli

Gesellschaft

Südkoreaner in die Heimat verschleppt: Ein 33jähriger Südkoreaner wird von dem Geheimdienst seines Mutterlandes aus Heidelberg entführt. Dies löst in der bundesdeutschen Öffentlichkeit starke Beunruhigung aus, da im Juni und Juli des Jahres insgesamt 20 koreanische Staatsbürger auf undurchsichtige Art und Weise aus dem Bundesgebiet und Berlin (West) verschwinden. Nach diplomatischen Interventionen behauptet ein Sprecher der südkoreanischen Regierung, daß diese vermißten Personen freiwillig in ihre Heimat zurückgekehrt seien.

Politik

Rund 50 000 neue Rekruten rücken mit dem heutigen Tag in die deutschen Kasernen ein. Damit erreicht die Bundeswehr eine Stärke von 456 000 Soldaten. Seit 1956 verfügt die Bundesrepublik mit der Bundeswehr über eine eigene Armee.

Kurzer Mantel mit Schlaghose: Auch in die Männermode kommt Bewegung

Wetter

Endlich wieder sommerliche Wärme im Juli! Die mittlere Lufttemperatur liegt bei 19,5° C.

Mittwoch 3. Juli

Technik

Das größte Teleskop der Welt ist auf dem Weg von seinem Herstellungsort Leningrad zu einer Sternwarte im Kaukasus. Mit einem Spiegeldurchmesser von 6 m kann das 850 t schwere High-Tech-Gerät theoretisch das Licht einer Kerze in 25 000 km Entfernung wahrnehmen.

Heiraten ist wieder »in«. Trotz rebellierender Studenten, die die Ehe als bürgerliche Institution verdammen und in der Kleinfamilie den Hort faschistischen Gedankengut sehen, geben sich nach neuesten statistischen Angaben in der Bundesrepublik mehr Paare denn je das Jawort. 70% der Jugendlichen halten die Ehe nicht für überholt.

Politik

Im Kampf gegen die diktatorischen Vollmachten der Regierung setzen die uruguayischen Gewerkschaften nun auf den Generalstreik. Durch den Ausstand wird das öffentliche Leben fast gänzlich lahmgelegt.

Politik

Vor Liberalisierungstendenzen warnt Parteichef Leonid I. Breschnew die Ostblockstaaten bei einem sowjetisch-ungarischen Treffen im Kreml.

Wetter

Mit durchschnittlichen 17,2° C Lufttemperatur zeigt sich der Juli 1968 unfreundlich.

Donnerstag 3. Juli

Kultur

Brian Jones, früherer Gitarrist der Rockgruppe Rolling Stones, wird tot in seinem Swimming-Pool aufgefunden. Der Musiker hatte sich am 9. Juni von der britischen Band getrennt. Bei seinem Tod stand Jones unter erheblichem Alkoholeinfluß, als Todesursache wird Herzversagen konstatiert.

Politik

Militärischer Zwischenfall in der Straße von Formosa. Taiwanesische Kriegsschiffe greifen eine Flottenbasis der VR China an und versenken drei chinesische Schiffe. Politische Beobachter vermuten, daß die Attacke Taiwans die sich andeutende Normalisierung der Beziehungen zwischen den USA und der Volksrepublik China stören soll.

Gesellschaft

Das spanische Fremdenverkehrsamt weist darauf hin, daß die Baleareninsel Mallorca in diesem Sommer mit Buchungen voll ausgelastet ist.

Wetter

Trocken und heiß ist der Juli 1969. 260 Sonnenstunden sorgen für eine mittlere Lufttemperatur von 19,6° C.

1970-1979

Highlights des Jahrzehnts

1970

- Neue deutsche Ostpolitik: Moskauer und Warschauer Vertrag
- Vietnamkrieg weitet sich auf Kambodscha aus
- Einstellung des Contergan-Prozesses

1971

- Einführung des Frauenwahlrechts in der Schweiz
- Friedensnobelpreis für Willy Brandt
- Hot pants – Modeschlager der Saison
- Kinohit »Love Story« rührt Millionen Zuschauer zu Tränen

1972

- Unterzeichnung des Rüstungskontrollabkommens SALT I
- Verhaftung von Baader-Meinhof-Terroristen
- Überfall palästinensischer Terroristen auf die israelische Mannschaft bei den Olympischen Spielen in München
- Unterzeichnung des Grundvertrages zwischen Bundesrepublik und DDR

1973

- Aufnahme beider deutscher Staaten in die UNO
- USA ziehen ihre Truppen aus Vietnam zurück
- Jom-Kippur-Krieg in Nahost
- Ölkrise: Sonntagsfahrverbot auf bundesdeutschen Straßen

1974

- Guillaume-Affäre stürzt Willy Brandt, neuer Bundeskanzler wird Helmut Schmidt
- Watergate-Affäre zwingt US-Präsident Nixon zum Rücktritt
- Deutschland wird Fußballweltmeister
- »Nelkenrevolution« in Portugal

1975

- Beginn des Bürgerkriegs im Libanon
- Unterzeichnung der KSZE-Schlußakte in Helsinki
- Spanien: Tod Francos und demokratische Reformen unter König Juan Carlos I.
- Einweihung des 3 km langen Elbtunnels in Hamburg
- Volljährigkeit von 21 auf 18 Jahre herabgesetzt

1976

- Umweltkatastrophe in Seveso
- Anschnallpflicht für Autofahrer
- Traumhochzeit des Jahres: Karl XVI. Gustav von Schweden heiratet die Deutsche Silvia Sommerlath

1977

- Entführung und Ermordung des Arbeitgeberpräsidenten Hanns Martin Schleyer
- Emanzipationswelle: Frauenzeitschrift »Emma« erscheint

1978

- Friedensverhandlungen zwischen Israel und Ägypten in Camp David
- In England kommt das erste Retortenbaby zur Welt

1979

- Überfall der Sowjetunion auf Afghanistan
- Schiitenführer Khomeini proklamiert im Iran die Islamische Republik
- Sandinistische Revolution beendet Somoza-Diktatur in Nicaragua

◀ **»Eiserne Lady« Margaret Thatcher, ab 1979 britische Premierministerin**

Freitag 3. Juli

Technik

Ein britisches Urlauberflugzeug stürzt in der Nähe der spanischen Stadt Barcelona ab. Keiner der 112 Passagiere überlebt das Unglück. Es wird vermutet, daß ein technischer Defekt an der Maschine die Katastrophe ausgelöst hat.

Politik

Die Entspannungspolitik der sozialliberalen Koalition unter Bundeskanzler Willy Brandt erfährt internationale Unterstützung. Bei seinem zweitägigen Besuch in der Bundesrepublik erklärt der französische Staatspräsident Georges Pompidou, daß Frankreich die Ostpolitik begrüße.

Technik

Tokios Bevölkerung leidet unter Smog. Infolge der starken Sonneneinstrahlung in Verbindung mit giftigen Industrie- und Autoabgasen kämpfen die Einwohner der japanische Hauptstadt gegen Atembeschwerden an.

Wetter

Das Wetter im Juli 1970 ist weniger gut. Die Durchschnittstemperatur liegt bei nur 17,0° C (18,3 ° C im langjährigen Mittel).

Samstag 3. Juli

Gesellschaft

Die wochenlangen Tarifauseinandersetzungen in der chemischen Industrie werden durch ein Übereinkommen zwischen der IG Chemie und den Arbeitgeberverbänden beendet. Beide Parteien verständigen sich auf Lohnerhöhungen um 7,8 %.

Sport

Überraschungssieg in Wimbledon: Im rein australischen Endspiel des Dameneinzels entthront Evonne Goolagong die Vorjahressiegerin Margaret Court-Smith. Die 19jährige Goolagong gewinnt glatt in zwei Sätzen mit 6:4 und 6:1. Sie begeistert das Publikum und die Sportpresse durch ihr unbekümmertes und originelles Tennisspiel. Mit ihrem Sieg gewinnt Goolagong nach den French Open in diesem Jahr schon den zweiten Grand-Slam-Titel.

Sport

Den acht Jahre alten Weltrekord im Hochsprung verbessert der US-Amerikaner Pat Matzdorf in Berkeley (Kalifornien) um 10 cm auf 2,29 m.

Wetter

Bilderbuchwetter im Juli 1971: Bei 318 Sonnenstunden fallen nur 9 mm Niederschlag.

Montag 3. Juli

Politik

Die internationalen währungspolitischen Turbulenzen nach der Kursfreigabe der Lira und des britischen Pfundes beantwortet die Bundesregierung mit Devisenkontrollen und einer Verschärfung der Bardepotpflicht. Der Sachverständigenrat zur Begutachtung der gesamtwirtschaftlichen Entwicklung weist darauf hin, daß die Bundesrepublik sich mit diesen Maßnahmen gegen den Geist der europäischen Währungsunion stellt.

Ausgestellte Hosen und viel Schmuck trägt die moderne Frau in den 70er Jahren

Kultur

documenta ist »in«: Nach Angaben der Organisatoren stößt die documenta 5 auf reges Interesse der Bevölkerung. An den ersten beiden Tagen nach der Eröffnung lagen die Besucherzahlen weit über den Erwartungen. Diese Ausstellung in Kassel ist mit einem Etat von 3,48 Mio. DM die teuerste Werkschau moderner Kunst in der Bundesrepublik.

Wetter

Wärmer als im langjährigen Mittel, aber weniger sonnig zeigt sich der Juli 1972.

Dienstag 3. Juli

Politik

KSZE beginnt – Entspannung soll voranschreiten: In der finnischen Hauptstadt Helsinki beginnt die erste Phase der Konferenz über Sicherheit und Zusammenarbeit in Europa (KSZE). An der Tagung nehmen die Außenminister und 400 Delegierte aus 33 europäischen Ländern sowie aus den Vereinigten Staaten von Amerika und Kanada teil. Ziel der Versammlung ist die politische Annäherung der beiden politischen Blöcke in Europa. Daneben soll versucht werden, Prinzipien für die europäische Sicherheit und Richtlinien für eine intensivere Zusammenarbeit zu entwickeln.

Voll im Zeitgeschmack: Der Midimantel mit aufgesetzten Taschen für kalte Winter

Gesellschaft

Wahlrechtsreform in Österreich: Nach intensiven Erörterungen setzt der Nationalrat der Alpenrepublik das passive Wahlrecht für seine Bürgerinnen und Bürger von 24 auf 21 Jahre herab.

Wetter

Etwas regnerischer als sonst üblich zeigt sich der Juli des Jahres 1973. Die mittlere Lufttemperatur liegt bei 18,6 ° C.

Mittwoch 3. Juli

Politik

Abrüstungserfolge: Zum Abschluß ihres sechstägigen Gipfeltreffens in Moskau vereinbaren US-Präsident Richard M. Nixon und der sowjetische Staats- und Parteichef Leonid I. Breschnew, ab dem 31. März 1976 auf unterirdische Atomversuche von mehr als 150 Kilotonnen Sprengstoff zu verzichten.

Politik

Kein Alleinherrscher mehr: Unter dem Druck der rebellierenden Truppenteile stimmt der äthiopische Kaiser Haile Selassie I. der Umwandlung des Landes in eine konstitutionelle Monarchie zu. In dem von Hungersnöten und Rekordinflation gebeutelten Land nimmt der Kaiser zukünftig nur noch die Funktion eines Staatsoberhauptes wahr und akzeptiert nach 44jähriger Herrschaft, daß der Ministerpräsident künftig dem Parlament direkt verantwortlich ist.

Preise in den 70er Jahren

1 kg Butter	8,36
1 kg Mehl	1,16
1 kg Fleisch	10,15
1 l Vollmilch	1,06
1 Ei	0,22
10 kg Kartoffeln	6,44
1 kg Zucker	1,65
Stundenlohn	10,40

in DM, Stand 1975

Wetter

Kalt ist der Juli 1974. 134 Sonnenstunden sorgen für eine Durchschnittstemperatur von 15,8° C. Die Niederschlagsmenge liegt bei 51 mm.

Donnerstag 3. Juli

Kultur

Frauen als Priesterinnen: Nach zum Teil heftigen internen Auseinandersetzungen beschließt die Kirche von England, Frauen prinzipiell zum Priesteramt zuzulassen. Der Beschluß wird allerdings durch den Zusatz eingeschränkt, daß der Beginn der Anwendung dieser Regelung auf einen späteren Zeitpunkt vertagt wird.

Sport

Zum dritten Mal in Folge gewinnt die deutsche Reiterequipe mit Hendrik Snoek, Gert Wiltfang, Alwin Schockemöhle und Hartwig Steenken in Aachen den Preis der Nationen.

Politik

Trotz Wirtschaftsflaute bleibt es bei der Absicht, an einer konsequenten Umweltpolitik in Deutschland festzuhalten. Dies bekräftigt die Bundesregierung bei einer Expertentagung auf Schloß Gymnich in der Nähe von Bonn.

Wetter

Der Juli im Jahr 1975 ist sehr warm. Seine mittlere Lufttemperatur liegt mit 19,5° C weit über dem langjährigen Vergleichswert von 18,3° C.

1976

Samstag 3. Juli

Politik

In der indischen Provinz Mizoram ergeben sich die sog. Mizorebellen den Regierungstruppen. Die Aufständischen gehören einer Sekte an, welche die Unabhängigkeit der Region von Indien anstrebt.

Politik

Um das Geiseldrama in Entebbe (Uganda) zu beenden, starten in geheimer Mission drei israelische Militärflugzeuge mit 148 Soldaten an Bord. Ein französischer Airbus 300 mit 248 Passagieren an Bord, darunter 70 israelische Staatsbürger, war am 27. Juni auf dem Flug Paris–Tel Aviv gekapert worden. Die Entführer verlangen die Freilassung von 53 »Freiheitskämpfern« (u.a. RAF-Mitglieder). Am nächsten Tag kann die israelische Kommandoeinheit die Luftpiraten überwältigen.

Rekorde in den 70er Jahren

100 m: Marlies Göhr (GDR) – 10,88 sec (1977)
Hochsprung: Rosemarie Ackermann (GDR) – 2,00 m (1977)
Weitsprung: Vilma Bardauskiene (URS) – 7,09 m (1978)
800 m: S. Coe (GBR) – 1:42,4 min (1979)

Wetter

Mit einer mittleren Lufttemperatur von 20,3° C und nur 19 mm Niederschlag ist der Juli des Jahres 1976 extrem heiß und trocken.Die langjährigen Mittelwerte liegen bei 18,3 °C und 70 mm.

Sonntag 3. Juli

Kultur

»Skulptur im öffentlichen Raum« zeigt eine in Münster eröffnete Ausstellung mit Werken von Claes Oldenburg, Richard Serra, Ulrich Reichwien und anderen namhaften Künstlern. Alle Objekte sind im innerstädtischen Bereich verteilt und sorgen schnell für öffentlichen Diskussionsstoff. Besonderes Aufsehen erregen die »Giant Pool Balls« von Claes Oldenburg, die am Ufer des Aasees plaziert werden – die Polizei muß einschreiten, um die Arbeiten vor zu rabiaten Zeitgenossen zu schützen.

Stars der 70er Jahre

Robert de Niro
Filmschauspieler
Jane Fonda
Filmschauspielerin
Woody Allen
Filmregisseur
Steven Spielberg
Filmregisseur
Muhammad Ali
Boxer

Politik

Die Regierungskrise nach den türkischen Nationalwahlen Anfang Juni scheint abgewendet. Süleyman Demirel von der konservativen Gerechtigkeitspartei wird vom Parlament in Ankara zum neuen Ministerpräsidenten des Landes gewählt.

Wetter

Wenig Sonnenschein hat der Juli in diesem Jahr zu bieten. Mit 189 Stunden liegt die Sonnenscheindauer weit unter dem Durchschnitt.

Montag 3. Juli

Gesellschaft

Frauenemanzipation bei den GI's: Erstmals in der Geschichte der US-amerikanischen Streitkräfte wird eine Frau zur Generalmajorin befördert. Mary Clark kommandiert eine Militärpolizeischule.

Politik

ARD-Korrepondent Clemens muß gehen: Die tschechoslowakische Regierung teilt der bundesdeutschen Botschaft in Prag mit, daß dem deutschen Journalisten Helmut Clemens die Akkreditierung wegen nicht angemessener Berichterstattung entzogen wird. Der Korrespondent hatte sich in einem nicht genehmigten Fernsehbericht aus Anlaß des 10. Jahrestags des Einmarsches von Warschauer-Pakt-Truppen in die ČSSR mit der politischen Situation im Land beschäftigt.

Politik

Peking und Hanoi uneins: China stellt seine technische und wirtschaftliche Unterstützung für Vietnam vollständig ein.

Wetter

Zu kalt ist der Juli im Jahr 1978. Seine Durchschnittstemperatur liegt bei 16,7° C.

Dienstag 3. Juli

Gesellschaft

Die bisher geltende Verjährung von Mord nach 30 Jahren wird vom Bundestag mit 255 gegen 222 Stimmen aufgehoben. Aufgrund der neuen Gesetzeslage können auch noch nach dem 31. Dezember 1979 entdeckte NS-Verbrechen entsprechend juristisch verfolgt werden. Der Bundesrat stimmt der Änderung am 6. Juli zu.

Kultur

Fälscherprozeß beendet: Von einem Pariser Gericht wird der Tänzer und Kunsthändler Fernand Legros zu zwei Jahren Haft und umgerechnet 6600 DM Geldstrafe verurteilt. Legros soll 32 gefälschte Kunstwerke in Umlauf gebracht haben.

Gesellschaft

Ein Geschworenengericht in Chiasso verurteilt zwei frühere Bankangestellte einer Filiale der Schweizerischen Kreditanstalt wegen Devisenvergehen zu je viereinhalb Jahren Haft und Geldbußen. Der Banken-Skandal im Tessin brachte das gesamte eidgenössische Kreditgewerbe in Verruf.

Wetter

Das Wetter im Juli 1979 ist extrem schlecht.

1980–1989

Highlights des Jahrzehnts

1980

- Golfkrieg zwischen Iran und Irak
- Gründung einer neuen Bundespartei: »Die Grünen«
- Bildung der polnischen Gewerkschaft »Solidarność«

1981

- Attentate auf US-Präsident Ronald Reagan, den Papst und Ägyptens Staatschef Anwar As Sadat
- Erster Start der wiederverwendbaren Raumfähre »Columbia«
- In den USA werden die ersten Fälle von AIDS bekannt
- Hochzeit des Jahres: Der britische Thronfolger Charles, Prince of Wales, heiratet Lady Diana

1982

- Krieg um die Falkland-Inseln
- Sozialliberale Koalition bricht auseinander; Helmut Kohl wird neuer Bundeskanzler
- Selbstjustiz vor Gericht: der »Fall Bachmeier«
- »E. T. – der Außerirdische« wird zum Kinohit

1983

- US-Invasion auf Grenada
- Skandal um gefälschte Hitler-Tagebücher
- Aerobic wird in der Bundesrepublik populär

1984

- Richard von Weizsäcker wird Bundespräsident
- Ermordung von Indiens Ministerpräsidentin Indira Gandhi, Nachfolger wird ihr Sohn Rajiv Gandhi

1985

- Michail Gorbatschow wird neuer Kremlchef
- Sensation: Boris Becker siegt als erster Deutscher in Wimbledon
- »Live-Aid-Concert« für Afrika

1986

- Attentat auf Schwedens Ministerpräsident Olof Palme
- Katastrophe im Kernkraftwerk Tschernobyl
- Explosion der US-Raumfähre »Challenger«
- Premiere des Musicals »Cats« in Hamburg

1987

- Widerstand gegen Volkszählung
- Barschel-Affäre in Kiel
- Matthias Rust landet mit einem Sportflugzeug auf dem Roten Platz in Moskau

1988

- Atommüllskandal in Hessen
- Ende des Golfkriegs
- Geiseldrama von Gladbeck als Medienspektakel
- Dopingskandal überschattet Olympische Spiele in Seoul
- Reagan und Gorbatschow vereinbaren Verschrottung atomarer Mittelstreckenraketen

1989

- Die DDR öffnet ihre Grenzen
- Blutbad auf dem Platz des Himmlischen Friedens in Peking
- Demokratisierungskurs im gesamten Ostblock
- »Exxon Valdez«: Ölpest vor Alaska

◀ **Jüngster Wimbledon-Sieger aller Zeiten: Der 17jährige Boris Becker 1985**

Donnerstag 3. Juli

Politik

20 Rumänen, darunter Frauen und Kinder, gelingt die Flucht nach Wien an Bord eines alten Verkehrsflugzeuges vom Typ Antonov 2. Nach Angaben des Piloten der Propellermaschine hat er im Tiefflug die rumänische und ungarische Radarüberwachung überwunden. Die Flüchtlinge bitten in Österreich um politisches Asyl.

Gesellschaft

Auf seiner mehrtägigen Reise durch Brasilien tritt Papst Johannes Paul II. erstmals deutlich für die Rechte der Armen ein. In seinen Ansprachen fordert das Oberhaupt der Katholiken menschenwürdige Arbeitsbedingungen und die Zahlung eines gerechten Lohnes. Die »Theologie der Befreiung« lehnt der Papst jedoch ab.

Sport

Einen Weltrekord über 400 m Hürden stellt der US-amerikanische Leichtathlet Edwin Moses mit 47,13 sec. in Mailand auf.

Wetter

Viel zu kühl ist der Juli 1980. Die mittlere Temperatur liegt unter dem langjährigen Mittel (18,3° C).

Freitag 3. Juli

Sport

Chris Evert-Lloyd (USA) gewinnt zum dritten Mal das Tennisturnier von Wimbledon. Im Damenfinale schlägt sie die Tschechoslowakin Hana Mandlikova überlegen mit 6:2 und 6:2.

Sport

Mit ihrem Weltrekord über 100 m Brust setzt die 17jährige Olympiasiegerin Ute Geweniger einen Höhepunkt bei den DDR-Schwimmeisterschaften in Berlin (Ost). Geweniger legt die Distanz in 1:09,32 min zurück und unterbietet damit die eigene Bestmarke vom 19. April.

Politik

Pressefreiheit in Gefahr? Das Berliner Amtsgericht Tiergarten erklärt die beschlagnahmung von Filmmaterial des Senders Freies Berlin und des zweiten Deutschen Fernsehens über eine Hausbesetzerdemonstration für rechtens. Die Polizei hatte das Material zur Identifizierung von Straftätern sichergestellt.

Wetter

Der Juli des Jahres 1981 läßt keine Sommergefühle aufkommen.

Samstag 3. Juli

Gesellschaft

Auffällig unauffällig: So stellt sich die lässige Frau der 80er ihre Mode zusammen

Gegen ihre schlechten Berufsaussichten protestieren in Bonn Studienreferendare gemeinsam mit den Schülern. Anlaß der Demonstration der angehenden Lehrer ist ein Beschluß der NRW-Landesregierung, aus finanziellen Gründen bis 1985 kein Neueinstellungen im Lehrbereich vorzunehmen. Auch in den anderen Bundesländern werden Referendare mit der Prognose vertröstet, ab 1992 sei eine Besserung der Einstellungssituation zu erwarten.

Sport

Linkshänderin Martina Navratilova entthront bei den All-England-Tennismeisterschaften in Wimbledon die dreimalige Einzelsiegerin Chris Evert-Lloyd. Zusammen mit Pam Shriver gewinnt die Neu-Amerikanerin Navratilova dann auch noch den Sieg im Damendoppel.

Wetter

Mit hochsommerlichen Temperaturen verwöhnt der Juli in diesem Jahr die Bundesbürger. Seine Durchschnittstemperatur liegt bei 20,4° C.

Sonntag 3. Juli

Technik

Ein Ende des Wettrüstens und einen Neuanfang in der Rüstungskontrollpolitik fordern mehr als 3300 Naturwissenschaftler zum Abschluß des Kongresses »Verantwortung für den Frieden« in Mainz. Die Experten aus mehreren westlichen Ländern stimmen darin überein, daß angesichts der mannigfachen »Overkill-Kapazitäten« eine Reduzierung der Nuklearwaffenpotentiale ohne Abschreckungsverlust möglich ist.

Leger und bequem: Herrenmode im Oversize-Stil mit Jackenmantel

Gesellschaft

Arbeitsminister Blüm (CDU) trifft zu Gesprächen über die umstrittene Rückkehrhilfe für Ausländer in Ankara ein. In der türkischen Hauptstadt wird er von Staatspräsident Kenan Evren empfangen. Um den Arbeitsmarkt zu entlasten, beschloß die Bundesregierung im Juni, unter gewissen Umständen Prämien zu zahlen für Gastarbeiter, die auf Dauer die Bundesrepublik verlassen.

Wetter

Das Wetter im Juli 1983 läßt keine Wünsche offen.

Dienstag 3. Juli

Gesellschaft

Trotz weltweit stürmischer Proteste beginnt auf den zu Alaska (USA) gehörenden Inseln der Aleuten die alljährliche Robbenjagd. Für die kommenden vier Wochen planen die Einheimischen die Tötung von etwa 220 000 männlichen Robben, deren Fleisch unter den Bewohnern der Inselgruppe verteilt wird.

Preise in den 80er Jahren

1 kg Butter	9,44
1 kg Mehl	1,36
1 kg Fleisch	11,83
1 l Vollmilch	1,22
1 Ei	0,26
10 kg Kartoffeln	8,84
1 kg Zucker	1,94
Stundenlohn	17,23

in DM, Stand 1985

Politik

Maulkorb für polnischen Priester: Ein Warschauer Gericht erhebt Anklage gegen den oppositionellen polnischen Priester Jerzy Popieluszko. Ihm wird »Mißbrauch des geistlichen Amtes« vorgeworfen, da der Pater in seinen Predigten die Ziele der Gewerkschaft »Solidarität« öffentlich unterstützt. Popieluszko wird im Oktober 1984 unter Beteiligung des polnischen Geheimdienstes ermordet.

Wetter

Das Wetter im Juli 1984 ist schlecht. Mit 16,2° C liegt die Durchschnittstemperatur weit unter dem langjährigen Mittel von 18,3° C.

Mittwoch 3. Juli

Gesellschaft

Eidgenossen setzen Maßstäbe in der Umweltpolitik. Als erstes Land in Europa beschließt der Schweizer Bundesrat ein Gesetz, das ab 1. Juli 1986 ein Verkaufsverbot phosphathaltiger Waschmittel vorsieht.

Gesellschaft

Mit der absoluten Stimmenmehrheit der CDU beschließt der schleswig-holsteinische Landtag die Gründung des Nationalparks Wattenmeer. Die nordfriesischen Inseln sind ausgenommen. Die SPD lehnt das Projekt ab, weil dadurch die Erdölsuche in dem 265 000 ha großen Areal nicht unterbunden wird. Der Nationalpark Wattenmeer ist der dritte Nationalpark in der Bundesrepublik. Weitere Schutzgebiete sind der Bayerische Wald und das Berchtesgadener Land.

Rekorde in den 80er Jahren

1500 m: S. Aouita (MAR) – 3:29,46 min (1985)
Stabhochsprung: Sergej Bubka (URS) – 6,00 m (1985)
100 m: Florence Griffith (USA) – 10,49 sec (1988)
Hochsprung: Javier Sotomayor (CUB) – 2,44 m (1989)

Wetter

Normalwerte kennzeichnen das Wetter im Juli 1985. Die mittlere Lufttemperatur liegt bei 17,9° C, die Sonne scheint 246 Stunden lang.

Donnerstag 3. Juli

Technik

In einem Rutsch ans Meer: Am österreichisch-italienischen Grenzübergang Thörl-Maglern wird in Anwesenheit der Ministerpräsidenten und Regierungschefs der Anrainerstaaten die durchgehende Autobahnverbindung Alpen-Adria eröffnet.

Politik

Europa zu teuer? Der Europäische Gerichtshof erklärt den Haushalt der Europäischen Gemeinschaft (EG) für das laufende Jahr 1986 für ungültig. Einen entsprechenden Antrag hatten der Ministerrat der EG sowie sieben Mitgliedsstaaten gestellt. Der Rechtsweg wurde eingeschlagen, weil das Europäische Parlament den ursprünglichen Haushaltsentwurf erhöht hatte, ohne sich mit den entsprechenden Gremien der Union im Vorfeld zu verständigen. Der beanstandete Haushalt hat ein Volumen von rd. 75 Mrd. DM und schließt auch die vollen Kosten für die sog. Süderweiterung der Gemeinschaft mit ein.

Stars der 80er Jahre

Richard Gere
Filmschauspieler
Madonna
Sängerin
Harrison Ford
Filmschauspieler
Jodie Foster
Filmschauspielerin
Michael Jackson
Sänger

Wetter

Das Wetter im Juli 1986 ist ohne Besonderheiten.

Freitag 3. Juli

Gesellschaft

Salmonellen-Skandal in Deutschland: Der baden-württembergische Wirtschaftskontrolldienst teilt mit, daß am 16. Juni bei Routineprüfungen Salmonellen in Nudeln festgestellt worden sind. Weitere Stichproben im gesamten Bundesgebiet bestätigen die ersten Ergebnisse. Die z. T. katastrophalen hygienischen Zustände bei einigen Teigwarenherstellern sollen die Ursache sein.

Politik

Kampf um Demokratisierung in Haiti: Nach einem Generalstreik und tagelangen Unruhen erklärt sich Haitis Regierungschef General Henri Namphy dazu bereit, die für den 29. November anstehenden Parlaments- und Präsidentschaftswahlen nach demokratischen Wahlrichtlinien durchzuführen. Bislang war geplant, die nationale Stimmabgabe vom Militär organisieren zu lassen. Die zum Jahresende anstehenden Wahlen sollen den Übergang von der amtierenden Militärführung, die im Februar 1986 den Diktator Jean-Claude Duvalier stürzte, zu einer Zivilregierung ermöglichen.

Wetter

Angenehme sommerliche Temperaturen kennzeichnen den Juli 1987.

Sonntag 3. Juli

Gesellschaft

Ein iranisches Verkehrsflugzeug vom Typ Airbus A 300 wird über dem Persischen Golf versehentlich von einer US-Rakete des Zerstörers »Vincennes« getroffen. Der Abschuß löst internationale Kritik an der Militärpräsenz der USA in der vom Golfkrieg zwischen Iran und Irak betroffenen Region aus. Nach Angaben des Pentagon hielt die Besatzung des Kriegsschiffes das Flugzeug für einen iranischen F-14-Bomber, der die »Vincennes« angreifen wollte. Durch den folgenschweren Irrtum kommen 290 Menschen ums Leben.

Außenseitersieg beim 119. Deutschen Galopp-Derby. Völlig unerwartet gewinnt in Hamburg-Horn der dreijährige Hengst »Luigi«, geritten von Jockey Walter Swinburn (GB) – dies gibt eine Traumquote für die Wetter.

Technik

Die Ostsee ist im Bereich der Danziger Bucht durch jahrzehntelange Einleitung von Industriemüll ökologisch tot, wie die Umweltorganisation Greenpeace mitteilt. In einer ersten Reaktion erläßt die polnische Regierung für das gesamte Gebiet ein unbeschränktes Badeverbot.

Wetter

Die Wetterstationen melden keine Besonderheiten für den Juli des Jahres 1988. Die mittlere Lufttemperatur liegt bei 18,2° C.

Montag 3. Juli

Technik

Als erstes europäisches Unternehmen beginnt IBM in Sindelfingen mit der Serienherstellung von 4-Megabit-Speicherchips. Ein Sprecher des Elektronik-Konzerns sieht in dem Produktionsbeginn einen richtungsweisenden Schritt, der belegt, daß die heimische Industrie auf dem besten Weg sei, den High-Tech-Vorsprung der USA und Japans aufzuholen.

Politik

Kein Grundrecht auf Schwangerschaftsabbruch: Der Oberste Gerichtshof der USA in Washington urteilt mit 4:3 Stimmen, daß einzelne Bundesstaaten das Abtreibungsrecht eigenhändig einschränken können. Damit wird ein im Jahr 1973 gefaßter Beschluß desselben Gremiums korrigiert, der den US-Frauen ein grundsätzliches Recht auf Schwangerschaftsabbruch zugestand. Anlaß für den Gerichtsentscheid ist ein Gesetz des Staates Missouri, das u.a. Ärzten in öffentlichen Krankenhäusern den Eingriff untersagt, außer es besteht Lebensgefahr bei der Mutter.

Wetter

Auch in diesem Jahr fällt der Juli klimatisch nicht aus der Rolle.

1990 – 1996

Highlights des Jahrzehnts

1990

- Wiedervereinigung Deutschlands
- Südafrika: Nelson Mandela nach 27jähriger Haft freigelassen
- Irakische Truppen überfallen das Emirat Kuwait
- Gewerkschaftsführer Lech Walesa neuer polnischer Präsident
- Litauen erklärt Unabhängigkeit
- Deutsche Fußballnationalelf zum dritten Mal Weltmeister
- Star-Tenöre Carreras, Domingo und Pavarotti treten gemeinsam auf

1991

- Alliierte befreien Kuwait und beenden Golfkrieg
- Auflösung des Warschauer Pakts
- Bürgerkrieg in Jugoslawien
- Auflösung der Sowjetunion – Gründung der GUS
- Sensationeller archäologischer Fund: »Ötzi«
- Vertrag von Maastricht
- Sieben Oscars für Kevin Costners »Der mit dem Wolf tanzt«
- Bürgerkrieg in Somalia
- Frieden im Libanon

1992

- Abschaffung der Apartheid-Politik in Südafrika
- Entsendung von UNO-Blauhelmsoldaten nach Jugoslawien
- Tod des ehemaligen Bundeskanzlers Willy Brandt
- Bill Clinton zum 42. US-Präsidenten gewählt
- In Hamburg wird mit Maria Jepsen zum ersten Mal eine Frau Bischöfin
- Fertigstellung des Rhein-Main-Donau-Kanals

1993

- Teilung der ČSFR in die Tschechische und die Slowakische Republik
- Rechtsradikale Gewaltakte gegen Ausländer
- Gaza-Jericho-Abkommen zwischen Israel und der PLO
- Skandal um HIV-Blutplasma
- Einführung von fünfstelligen Postleitzahlen im Bundesgebiet
- Sexskandal um Pop-Star Michael Jackson

1994

- Nelson Mandela erster schwarzer Präsident Südafrikas
- Fertigstellung des Eurotunnels unter dem Ärmelkanal
- Über 900 Todesopfer beim Untergang der Fähre »Estonia«
- Abzug der letzten russischen Truppen aus Berlin
- Michael Schumacher erster deutscher Formel-1-Weltmeister

1995

- Weltweite Proteste gegen französische Atomversuche im Pazifik
- Giftgasanschlag in Tokio
- Einführung von Pflegeversicherung und Solidaritätszuschlag
- Verpackungskünstler Christo verhüllt den Berliner Reichstag
- Ermordung des israelischen Regierungschefs Yitzhak Rabin
- Friedensvertrag für Bosnien

1996

- Arafat gewinnt Wahlen in Palästina
- IRA kündigt Waffenstillstand auf
- 100 Jahre Olympia: Jubiläumsspiele der Superlative in Atlanta

◀ **Verkörperung des neuen Südafrika: Nelson Mandela bei den Wahlen 1994**

Dienstag 3. Juli

Gesellschaft

Daimler-Benz am Potsdamer Platz: Gegen die Stimmen des Koalitionspartners Alternative Liste beschließen die Berliner SPD-Senatoren den Verkauf eines 60 000 m^2 großen Grundstückes am Potsdamer Platz an den Daimler-Benz-Konzern, der hier die Errichtung eines modernen Büro- und Geschäftszentrums plant.

Krawatte ist kein Muß mehr: Anzug mit zweireihigem Sakko

Kultur

Ihr Befremden über die päpstliche Ernennung von Walter Haas zum Bischof von Chur äußert die schweizerische Regierung. Der konservative Geistliche ist in der Ostschweiz heftig umstritten. Haas gilt als Gefolgsmann Johannes Paul II. und als Anhänger des Ordens Opus Dei. Kritiker werfen dem Konservativen vor, die Beteiligung von Frauen am katholischen Kirchenleben abzulehnen.

Wetter

Das Wetter im Juli des Jahres 1990 ist ohne nennenswerte Besonderheiten. Die mittlere Lufttemperatur liegt bei 17,4° C.

Mittwoch 3. Juli

Politik

Keine Einigung im Nordirlandkonflikt: Ohne Ergebnis werden die seit dem 16. Juni laufenden Verhandlungen über eine Lösung der Nordirland-Frage abgebrochen. Die Gespräche, an denen erstmals seit 16 Jahren alle beteiligten Parteien mit Ausnahme der Irisch-Republikanischen Armee teilnahmen, scheitern an den vorerst nicht überwindbaren politischen Gegensätzen.

Für die heißen Sommer der 90er Jahre: Kleid mit Bustieroberteil

Politik

Der indonesische Staatspräsident Kemusu Suharto trifft zu einem fünftägigen Arbeitsbesuch in der Bundesrepublik ein. In den bilateralen Gesprächen stehen Fragen der wirtschaftlichen Zusammenarbeit und der Schutz des Regenwaldes im Vordergrund. Suharto ist politisch umstritten. So wirft ihm u. a. Amnesty International Menschenrechtsverletzungen in seinem Land vor.

Wetter

Hochsommerlich warm ist der Juli im Jahr 1991. Die mittlere Temperatur liegt mit 21,0° C weit über dem langjährigen Vergleichswert.

Freitag 3. Juli

Sport

Die drei des Dopings beschuldigten Leichtathletinnen Katrin Krabbe, Silke Möller und Grit Breuer geben auf einer Pressekonferenz bekannt, daß sie auf einen Start bei Olympischen Spielen verzichten.

Politik

Václav Havel, tschechoslowakischer Staatspräsident und Schriftsteller, erhält im nationalen Parlament keine Mehrheit für eine weitere Amtszeit. Bei der Abstimmung versagen ihm die slowakischen Abgeordneten, die eine Auflösung des Staates anstreben, mit ihrer Sperrminorität die Zustimmung. Daraufhin stellt sich Havel keinen weiteren Wahlgängen und tritt am 20. Juli von seinem Amt zurück. Anfang 1993 trennen sich Tschechien und die Slowakische Republik.

Stars der 90er Jahre

Kevin Costner
Filmschauspieler
Julia Roberts
Filmschauspielerin
Whitney Houston
Sängerin
Michael Schumacher
Rennfahrer
Luciano Pavarotti
Sänger

Wetter

Trotz einer etwas erhöhten Niederschlagsmenge ist der Juli 1992 sommerlich warm. Seine Durchschnittstemperatur liegt fast 3° C über dem Normalwert. 263 Stunden lang scheint die Sonne.

1993

Samstag 3. Juli

Politik

Haiti auf dem Weg zur Demokratie? In New York unterzeichnen der haitianische Militärmachthaber Raoul Cedras und der im US-Exil lebende rechtmäßige Präsident von Haiti, Jean Bertrand Aristide, ein Abkommen, das die Beendigung der Militärherrschaft auf der Karibikinsel innerhalb weniger Monate vorsieht.

Sport

Durch einen Dreisatzsieg über Jana Novotna gewinnt die Brühlerin Steffi Graf zum fünften Mal das Dameneinzel bei den offenen englischen Tennismeisterschaften von Wimbledon. Bei den Herren siegt der Weltranglistenerste Pete Sampras aus den USA im Einzel gegen seinen Landsmann Jim Courier.

Preise in den 90er Jahren

1 kg Butter	8,20
1 kg Mehl	1,21
1 kg Fleisch	12,85
1 l Vollmilch	1,33
1 Ei	0,27
10 kg Kartoffeln	10,30
1 kg Zucker	1,92
Stundenlohn	24,91

in DM, Stand 1993

Wetter

Das Wetter im Juli des Jahres 1993 ist weniger gut. Bei einer Sonnenscheindauer von 204 Stunden wird nur eine Durchschnittstemperatur von 17,3° C erreicht. Das ist 1° C weniger als der langjährige Mittelwert.

Sonntag 3. Juli

Gesellschaft

Ein siebenmonatiger Tarifstreit zwischen dem Bundesverband Druck und der IG Medien wird beigelegt. Der Kompromiß sieht vor, daß die Löhne und Gehälter der 250 000 Beschäftigten im Druckgewerbe ab dem 1. Juli 1994 und zum 1. Juli 1995 jeweils um 2 % angehoben werden.

Gesellschaft

In Dresden endet der 92. Deutsche Katholikentag. Mehr als 33 000 Teilnehmer sind zu dem mehrtägigen Laientreffen in der sächsischen Hauptstadt angereist. Die Veranstaltung stand diesmal unter dem Motto »Unterwegs zur Einheit«.

Sport

»Laroche« aus dem Gestüt Ittlingen gewinnt das 125. Deutsche Derby auf der Galopprennbahn in Hamburg-Horn. Der Außenseitersieg bringt seinem Eigentümer 807 000 DM ein.

Wetter

Heiß und trocken zeigt sich der Juli 1994. Die Sonnenscheindauer erreicht mit 378 Stunden ebenso eine Rekordmarke wie die mittlere Lufttemperatur mit 23,7 °C.

Montag 3. Juli

Gesellschaft

Ein Gericht in Miami verurteilt die beiden Mörder der deutschen Touristin Barbara Meller-Jensen zu lebenslanger Haft. Die Täter hatten die Berlinerin am 2. April 1993 bei einem Raubüberfall vorsätzlich mit dem Auto überrollt.

Rekorde in den 90er Jahren

Weitsprung: Mike Powell (USA) – 8,95 m (1991)
110 m Hürden: Colin Jackson (USA) – 12,91 sec (1993)
Skifliegen: E. Bredesen (NOR) – 209 m (1994)
Dreisprung: J. Edwards (GBR) – 18,29 m (1995)

Politik

Unruhen trotz Waffenstillstand: In der nordirischen Hauptstadt Belfast und in Londonderry kommt es zu den schwersten Krawallen seit Beginn der Waffenruhe im Oktober 1994. Anlaß ist die Freilassung eines britischen Soldaten, der 1993 wegen Mordes an einer Katholikin zu lebenslanger Haft verurteilt worden ist.

Gesellschaft

Die niedersächsische Landesregierung setzt nach dem Scheitern der Verhandlungen um die Zahnarzthonorare einen Staatskommissar ein.

Wetter

Das Wetter im Juli 1995 ist besonders gut.

Mittwoch 3. Juli

Donnerstag 3. Juli

Samstag 3. Juli

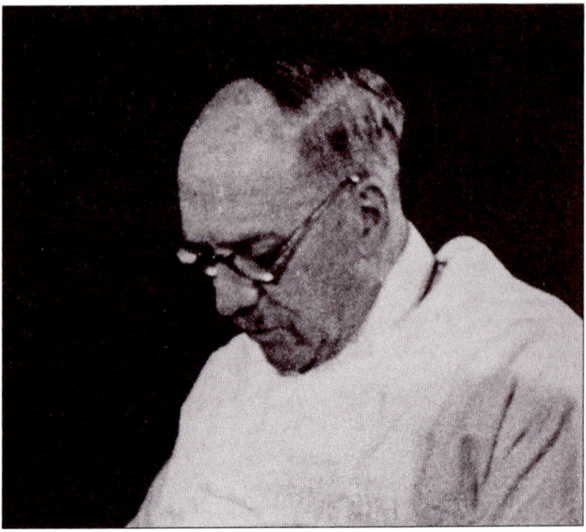

Ferdinand Sauerbruch

***3.7.1875, Barmen**

Die Chirurgie hat ihm vieles zu verdanken. Einen medizinischen Durchbruch erzielte Sauerbruch durch die Einführung des Druckdifferenzverfahrens in der Brustkorbchirurgie im Jahr 1904. Dadurch kann der Lungenkollaps bei derartigen Eingriffen durch einen Überdruck in den Lungenflügeln vermieden werden. In der Orthopädie entwickelte der Mediziner bewegliche Hand- und Unterarmprothesen. Sauerbruchs Operationsmethode der Umkippplastik findet noch heute Anwendung. Am 2. Juli 1951 starb Sauerbruch in Berlin.

Dienstag 3. Juli

Franz Kafka

***3.7.1883, Prag**

Kafka gehört zu den faszinierendsten und meistgedeuteten Schriftstellern des 20. Jahrhunderts. Der Prophet einer Welt des Absurden und Bedrohlichen gelangte erst postum zu Weltruhm. Seine Romane und Erzählungen (z. B. »Das Schloß«, 1926, »Das Urteil«, 1916) handeln von menschlicher Isolation und dem individuellen Scheitern angesichts der unlösbaren Abhängigkeit von anonymen Autoritäten – eigene leidvolle Erfahrungen im Privat- und Berufsleben dienten Kafka dabei als Grundlage. Er starb am 3. Juni 1924 in Kierling bei Wien.

Samstag 3. Juli

Stavros Niarchos

***3.7.1909, Athen**

Auf den Weltmeeren war er zuhause wie kaum ein anderer. Niarchos, Reeder aus Leidenschaft, baute sich in den 50er Jahren wie sein Schwager Aristoteles Onassis ein Tanker- und Frachtertimperium auf, das ihn schnell zu einem der reichsten Männer der Welt machte. Politische Krisen wie der Koreakrieg oder die Sueskrise 1956 verschafften ihm Transportaufträge und legten dabei den Grundstein für seinen Erfolg. Der »Herr der Supertanker« starb am 16. April 1996 nach langer schwerer Krankheit in einem Züricher Krankenhaus.

Dienstag 3. Juli

Thomas »Tom« Cruise

***3.7.1962, Syracuse/New York**

Als draufgängerischer Jetpilot in »Top Gun – Sie fürchten weder Tod noch Teufel« wurde Cruise 1985 fast über Nacht zum gefeierten Hollywoodstar. Seine schauspielerischen Qualitäten reduzieren sich aber keineswegs auf die Darstellung heldenhafter Rollen. An der Seite von Dustin Hoffman in »Rain Man« überzeugte das ehemalige Teenageridol auch die Kritiker, die seinen Erfolg eher in Charme und gutem Aussehen begründet wissen wollen. In »Interview mit einem Vampir« (1994) beweist Cruise erneut seine Schauspielerqualität.

Samstag 3. Juli

Shane Lynch

***3.7.1976, Dublin**

Vor weiblichen Fans kann er sich kaum retten: Shane Lynch, Keyboarder und Sänger der Popband »Boyzone«. Das irische Pendant zu der 1996 aufgelösten Kultgruppe »Take That« stürmte schon die Charts mit Cover-Versionen von Hits wie »Love me for a Reason« oder »Daydream Believer«. Die Konzerte zeichnen sich durch ein perfektes Zusammenspiel von musikalischer Darbietung und tänzerischem Aktionismus aus – kein Wunder, daß die Ohnmachtsanfälle der Fans proportional zur Dauer des Auftritts zunehmen.

Impressum

Autor:	Carsten Wember, Dortmund
Redaktion:	Ingrid Reuter, Dortmund
Bildredaktion:	Sonja Rudowicz
Umschlaggestaltung und Layout:	Pro Design, München
Satz:	JOSCH Werbeagentur, Essen
Druck:	Brepols, Turnhout

Abbildungsnachweis: Bertelsmann Lexikon Verlag, Gütersloh: 128; Cinetext, Frankfurt am Main: 131; Interfoto, München: 129, 130; Public Address, Hamburg: 132.
Modefotos 1900–30er Jahre, Damenmode 40er Jahre, Damenmode 50er Jahre: Bertelsmann Lexikon Verlag, Gütersloh; Modefotos Herrenmode 40er Jahre, Herrenmode 50er Jahre, 60er–90er Jahre: Prof. Dr. Ingrid Loschek, Boxford.
Alle übrigen Abbildungen: Bettmann Archive/UPI/Reuters/John Springer Coll., New York.

Trotz größter Sorgfalt konnten die Urheber des Bildmaterials nicht in allen Fällen ermittelt werden. Wir bitten gegebenenfalls um Mitteilung.

ISBN 3-577-30703-X

Vom 1. Januar bis zum 31. Dezember

Individuelle Bücher – für jeden Tag des Jahres eines. Mit allen wichtigen Ereignissen, die sich genau an diesem besonderen Tag während der Jahre unseres Jahrhunderts zugetragen haben. Doch trotz all der großen Ereignisse des Weltgeschehens – es gibt immer auch persönlich wichtige Daten für jeden einzelnen Menschen, sei es ein Geburtstag, Hochzeitstag, Erinnerungstag oder der Tag, an dem eine entscheidende Prüfung bestanden wurde. So wird aus einem Tag im Spiegel des Jahrhunderts zugleich auch ein »persönlicher« Tag. Und endlich gibt es für all diese Anlässe das richtige Buch, das passende Geschenk!

Persönliches Horoskop

Was sagen die Sterne zu den jeweiligen Tagen? Außerdem erfahren Sie, welche bekannten Menschen unter dem gleichen Sternzeichen geboren wurden.

CHRONIK-BIBLIOTHEK DES 20. JAHRHUNDERTS

Von 1900 bis zur Gegenwart

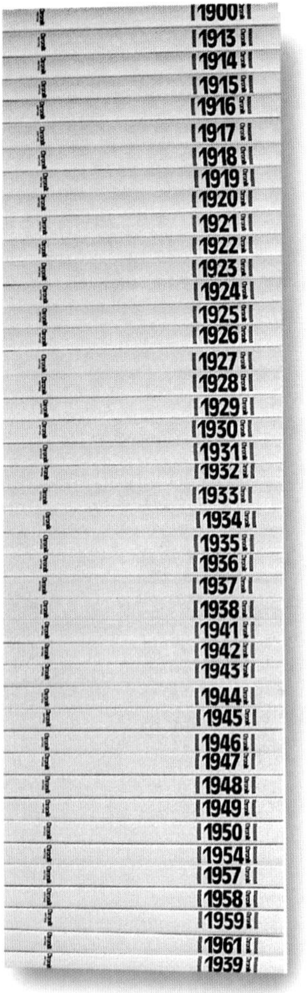

Die »Chronik-Bibliothek« ist die umfassende Dokumentation unseres Jahrhunderts. Für jedes Jahr gibt es einen eigenen, umfangreichen und zahlreich – überwiegend farbig – bebilderten Band. Tag für Tag wird dabei das Weltgeschehen in Wort und Bild nachgezeichnet – jetzt lückenlos bis in die Gegenwart. Sie können das jeweilige Jahr in chronologischer Folge an sich vorüberziehen lassen, aber die »Chronik« auch als Nachschlagewerk oder als Lesebuch benutzen. Ein prachtvolles Geschenk – nicht nur für Jubilare. Und wer die »Chronik-Bibliothek« sammelt, erhält ein Dokumentationssystem, wie es in dieser Dichte und Genauigkeit sonst nicht zu haben ist.